Stefan Andres, Wir sind Utopia

SERIE PIPER

Seit ihrem Erscheinen 1942 gehört diese Meisternovelle von Stefan Andres zu den meistgelesenen Stücken deutscher Gegenwartsprosa.

»Die ungewöhnliche Begebenheit, die hier, in nur geringem historischem Abstand, aus dem Spanischen Bürgerkrieg berichtet wird, spiegelt zugleich die zerreißenden Widersprüche unserer eigenen deutschen Situation, ja sie wird darüber hinaus zum Sinnbild überpersönlicher Konflikte: von Politik und Theologie, von diktatorischem Zwang und Appell an die Entscheidung des einzelnen, von menschlicher Sehnsucht nach utopischem Glück und Anspruch Gottes an die Menschen.« (Benno von Wiese)

In den Wirren des spanischen Bürgerkriegs ist ein altes Kloster zur Haftstätte für Kriegsgefangene geworden. Zusammen mit anderen Gefangenen wird der Matrose Paco eingeliefert, der vor zwei Jahrzehnten als Mönch dieses Kloster verlassen hat und in seine alte Zelle zurückkehrt. Gedanken und Gestalten, die er als junger Mensch in Glaubenszweifeln hier erlebte, bedrängen ihn aufs neue. Die schöne Phantasiewelt Utopia, ein Traumbild jener Jahre, taucht wieder vor ihm auf. Der Kommandant des Lagers, Leutnant Pedro, ist Pacos Gegenspieler, ein Mensch, der ganz auf dem Boden der Realität zu stehen scheint, während schwere Gewissensangst auf ihm lastet. Der Konflikt zwischen Paco und Pedro – in dem es für den einen um die Befreiung von Schuld und für den anderen um die Rettung seiner selbst und seiner Mitgefangenen geht – führt zu jener dramatischen Auseinandersetzung Pacos mit sich selbst und seinem Gott, an deren Ende Paco im vollem Bewußtsein des über ihn verhängten Todes seine Entscheidung trifft.

Stefan Andres

Wir sind Utopia

Novelle

R. Piper & Co. Verlag
München Zürich

ISBN 3-492-00395-8
Neuausgabe 1974
24. Auflage, 360.–367. Tausend 1982
(6. Auflage, 32.–39. Tausend dieser Ausgabe)

Umschlag: Disegno
Satz: Graph. Werkstätten Kösel, Kempten
Druck und Bindung: Clausen & Bosse, Leck

Das braune, eintönige Plateau lag unter der jeden Tag gleich wiederkehrenden Sonne zerpulvert da, und um das Gefährt, das in den sanften Senkungen des Weges verging und wieder hügelan strebte, hatte sich eine so dichte Staubwolke gebildet, daß man nur an seiner Schnelligkeit, dem Benzingestank und dem nachmittäglich langen Schatten einen Lastkraftwagen erkennen konnte. Wer aus der Ferne die knatternde, gelbe Wolke in der Einöde dahinkriechen sah, konnte die groteske Vorstellung haben, daß sich ein Stück des Weges erhoben und auf Wanderschaft begeben habe, um die rätselhafte Linie seines Auf und Ab und alle Windungen selber einmal zu verfolgen, in einem goldenen Federbusch dahinstäubend und eine lange, immer dünner und niedriger gleitende Schleppe hinter sich herziehend.

Aber es gab keinen Zuschauer. Die wenigen Bauernhäuser starrten mit schwarzen Fenstern ausgestorben in den Sonnenbrand, nur ein paar Hunde hoben gegen das sich nahende Monstrum aus Staub und Lärm die Nasen, duckten sich und sprangen in die versengten Felder, um dann wieder auf den leeren Weg zurückzukehren, an dessen Rand sie entlangsuchten, um bei einem umgeworfenen Gepäckwagen und dem aufgedunsenen Körper eines Pferdes herumzuschnüffeln, zögernd und miteinander zankend, bis der Hunger ihren Abscheu vor dem Aas überwand.

Die Staubwolke aber kroch unentwegt in die Weite, und dort, wo auf der goldbraunen Höhe die ebenso braune Ringmauer einer im Mittelalter liegengebliebenen Stadt wie eine natürliche Felsenstufe sich erhob, verschwand sie unter dem Torbogen wie eine Lokomotive in einem Tunnel, und die Wachsoldaten unterm Tor sahen, wie auf dem Katzenkopfpflaster der Staub um den Wagen plötzlich verging und Bajonette hervorblitzten, ein eiserner Verhau um die wie aus Lehm gebackenen Gestalten, die auf dem offenen Lastwagen hockten und mit stumpfen Gesichtern den unerwarteten Schatten genossen und kaum den Kopf zu einem verstohlenen, flüchtigen Umblick erhoben.

Die enge, düstere Gassenrinne fuhr der Wagen langsam dahin, wiewohl kein Mensch, weder Zivilist noch Soldat, ihm begegnete. Auf dem weiten, gleißenden Platz nahm er die Kehre, und im Schatten vor der Freitreppe der in ihrem starrenden Prunk unfreudig wirkenden Barockfassade des Karmeliterklosters stand er dann still.

Unter der Pforte erschien auf das groblässige Signal des Wagens hin ein Offizier, von einem Sergeanten und einem Soldaten begleitet, welche die Ankömmlinge mit düster gleichmütigen Blicken empfingen.

Die sechs Bajonette sprangen sofort auf das Pflaster, ein Kommando schnarrte, und die Lehmgestalten erhoben sich mühsam, traten ein paarmal hin und her und sprangen ebenfalls, nachdem sie die eingeschlafenen Füße zuvor möglichst tief hatten herabkommen lassen, vorsichtig auf das Pflaster.
Es waren über zwanzig Gefangene, die im Karmeliterkloster untergebracht werden sollten. Seine Geräumigkeit und vergitterten Fenster machten den Bau für seine neue Bestimmung noch geeigneter; zudem lag das Kloster mit der Hinterfront an der Stadtmauer, und da ging es aus den Fenstern des ersten Stockes über fünfzehn Meter tief jäh hinunter. Das war ein weiterer Vorteil für die Wachhabenden, denn das etwa zweihundert Gefangene beherbergende Lager konnte so mit einer schwachen Besatzung auskommen, die in der Tat nur aus einem Leutnant, einem Sergeanten und zwei Soldaten bestand.
Freilich lagen in der Stadt noch einige Fliegerabwehrbatterien und leichte Kraftfahrverbände, die auf den Einsatz warteten.
Bevor der Lastwagen, der die Gefangenen gebracht hatte, wieder abfuhr, gab es noch einen kleinen Zwischenfall, den der junge Leutnant von der Freitreppe her mit Aufmerksamkeit verfolgte. Er sah, wie einer der Gefangenen auf dem Wagen stehenblieb, die Rechte vor die Stirn drückte und das Kloster, den Kopf in den Nacken legend, anstarrte. Einer der Soldaten hob darauf das Gewehr und stieß den Dastehenden mit dem Kolben in die Knie-

kehlen, so daß seine großgewachsene Gestalt auf die Knie brach, und das wirkte wie ein seltsam gut passender Übergang zu seiner vorhergehenden Stellung. Darauf sprang der lange Kerl, als die Soldaten lachten, mit einem unerwartet gelenkigen Satz vor sie hin, blickte sie einmal der Reihe nach fragend und stolz, aber keineswegs zornig an und ging zu den andern, und die Bajonette begleiteten die Gefangenen in das Kloster, wo sie eine Weile im Schatten des Kreuzganges stehenbleiben mußten.
Der Leutnant musterte sie einzeln an Hand einer Liste, die ihm einer der bajonettetragenden Soldaten der Begleitmannschaft hinhielt, und ließ sich von dem Soldaten Alter und Truppengattungen sagen – denn die Gefangenen hatten meist ihre Uniformblusen an die Sieger abgetreten oder auch in der Hitze irgendwo absichtlich zurückgelassen. Als der Soldat dann »Paco Hernandez« las, »53. Marine-Infanterie« – blickte der Leutnant sich fragend um. Der Soldat mit der Liste wies nach kurzem Umherspähen auf einen Mann, der langsam im Gärtchen inmitten des Kreuzganges auf den Ziehbrunnen losging, und der Leutnant bemerkte sofort: es war derselbe, der auf so seltsame Weise das Kloster angeblickt und gegen seinen Willen die Knie gebeugt hatte.
Die Gefangenen standen schläfrig und todmüde gegen die Mauern im Kreuzgang gelehnt. Man hörte den langsamen Schritt des Mannes im Binnenhofgärtchen, der Weg war mit Kies bestreut. An den Säulen ringsum rankten sich metallisch blaue Win-

den und wilder Wein bis zu den Gangfenstern des oberen Stockwerkes, der Honigduft der Glyzinien stand schwer und süß in dem Behälter des weißen Mauervierecks; unter dem Bogen roch es nach Kalk, Schimmel und den neuangekommenen, verstaubten und schweißverklebten Männern, von denen einige bereits auf den Fliesen gegen die Mauer gelehnt saßen und schliefen.

Der Schritt des Mannes im Gärtchen aber hatte nun den Ziehbrunnen erreicht, der, aus grauem Stein gebaut, wie ein Blütenkelch aus dem Efeu herauswuchs. Auf dem runden Brunnenrand bogen sich vier Eisenstangen, welche die Rolle für den Schöpfeimer trugen, zueinander, und aus Schmiedeeisen gebildete Fittiche sträubten sich an den Stangen zur Höhe, als knieten zwei Engel über den Brunnen gebeugt, von deren Gestalt nur die Fittiche sichtbar seien.

Der Mann nun hob den Eisendeckel und blickte in den Brunnen. Seine Bewegungen, so kam es dem Leutnant plötzlich vor, hatten etwas von dem blinden Gezogensein von Selbstmördern, und so sprang er, für das unersetzbare Quellwasser fürchtend, auf den Ahnungslosen zu und fuhr ihn an: Was er da an dem Brunnen verloren habe? Der so scharf Gefragte hob das große Gesicht aus der Tiefe und blickte den Leutnant an – und zwar auf eine so wenig erschrockene und gleichmütige Weise, daß es den jungen Offizier zum Zorn reizte.

»Oh – ich?« sagte der Mann und lächelte, »ich wollte in den Brunnen schauen, tun Sie das nie, Teniente Don Juan?«

Der Leutnant starrte auf die von der Hitze aufgesprungenen, lächelnden Lippen, sein Zorn war verflogen, er sagte nur verwundert: »Juan? – so heiße ich doch gar nicht!«
»Nein? – Ach richtig, verzeihen Sie, mein Leutnant hieß so, er ist ja tot, richtig!«
Der junge Offizier nannte darauf, er wußte selbst nicht, wie er dazu kam, seinen Namen – er heiße Pedro – Pedro Gutierrez.
»Ach so!« Der andere nickte. »Ich heiße Paco.«
»Und Sie wollten wirklich nur in den Brunnen schauen?«
»Ja, tun Sie das nie?« Der lange Paco blickte nun in ebenso erstauntem Fragen auf den nicht gerade groß gewachsenen Leutnant herab, der den Gefangenen mit kurzem Kopfschütteln musterte.
Das Gesicht war ein großes, braunes Oval mit tiefen, steilen Lachfalten, die neben dem Mund direkt zu den Augen strebten. Das geschwungene Oval kehrte in den Augen wieder, sie waren hochgewölbt, braun und sanft – vielleicht auch nur müde, gleichmütig, abgekämpft. Die Nase war übermäßig lang und fein geschwungen, und plötzlich meinte der Leutnant Pedro, an einen ganz gewissen Holzkopf aus dem Puppentheater seiner Jugend erinnert zu sein, den er meist als Harlekin ausstattete, aber auch ebenso gern als Helden einsetzte. Bei diesem Gedanken verzog er seine wulstigen Lippen zu einem kurzen nachdenklichen Lächeln, und so fragte er: »Haben Sie Durst?«
»Eigentlich immer, jetzt sogar auf Wasser, aber

man kann ja auch ohne Durst in einen Brunnen schauen, oder nicht, Teniente Don Pedro?«
Der Leutnant klappte den eisernen Deckel einmal auf und zu, er blickte dabei auf die Erde, eigentlich auf die gänzlich zerrissenen Schuhe des Gefangenen.
»Warum haben Sie eigentlich – vorhin«, begann er dann, die buschigen Brauen zusammenziehend und Paco anstarrend, »dies Theater aufgeführt?«
»Zu gnädig, Teniente Don Juan – ach, Don Pedro – ich gewöhne mich so schwer an neue Namen – und Plätze – wissen Sie – und doch«, Pacos Gesicht wurde plötzlich nachdenklich, er schien offensichtlich zu überlegen, ob er weitersprechen sollte oder nicht. Doch dann mit einem Blick den Kreuzgang umfassend, nickte er, als hätte er sich zu etwas entschlossen. »Eigentlich ist das kein neuer Platz für mich, und eigentlich war's auch gar kein Theater, daß ich vor dieser Hausfront solche Augen machte – und so hätte ich eine kleine Bitte« – er blickte zu der sandsteinernen Treppe hin, die nach oben führte –, »eine große sogar: daß Sie mir meine alte Zelle wiedergeben!« Als Paco sah, wie der Leutnant ihn anglotzte, nickte er begütigend und sagte: »Nun ja, es sind aber beinahe schon zwanzig Jahre vergangen, seit ich hier auszog, die Zelle jedoch, verstehen Sie, Don Pedro – ein Hund gewöhnt sich sogar an seine Hütte, nicht wahr?«
In den Augenwinkeln des in solch scherzendem Tonfall sprechenden Mannes entstanden kleine Falten, die voll Erwartung zitterten, sein Ausdruck wurde dadurch ein wenig listig.

»Sind Sie Priester?« fragte Leutnant Gutierrez leise, seine Stimme bekam einen heiseren Belag.
Paco hob das Gesicht ein wenig zurück und blickte den jungen Offizier prüfend an: »Priester, warum?« Aber nun begannen sich die Falten in seinen hageren Backen auch schon wieder zu regen. »Sie fragen das so feierlich, und ich, müssen Sie wissen, bin eigentlich von Beruf Matrose, Vollmatrose auf einem Frachter! Was ich zur Zeit bin, sehen Sie ja, Pech, nicht wahr? Der Krieg fegte mich einfach über Bord, und nicht nur das, er schwemmte mich hierhin – als hätte er Verstand, der Krieg, oder als wäre er witzig! Und da dachte ich, man könnte diesem Zufall die Krone aufsetzen und mich in der alten Zelle einsperren – oder sind die Gefangenen anderswo untergebracht: im Refektorium, in der Bibliothek, im Keller?«
Leutnant Pedro Gutierrez schüttelte den Kopf: »In den Zellen, natürlich! Aber sind Sie nun wirklich Priester? Meine Frage hat einen ganz persönlichen Grund.« An seinem Schnurrbärtchen zupfend, starrte er Paco unverwandt an.
Der hob die ein wenig hängenden Schultern und nickte: »Aber exkommuniziert natürlich!«
Leutnant Pedro ließ nun mit einem kurzen ruckhaften Zerren sein Schnurrbärtchen los, und halb schon im Fortgehen rief er: »Gott noch mal, das sind wir sozusagen alle.« Und sich noch einmal umkehrend, sagte er leise: »Kommen Sie.«
Da man die Gefangenen aus Sicherheitsgründen nur im oberen Stockwerk untergebracht hatte und

in den vier Gängen nur etwa vierzig Zellen zur Verfügung standen, mußten die meisten zu mehreren hausen. Leutnant Pedro kam sich wirklich wie ein Gönner vor, als er Paco die Zelle räumen ließ, welche dieser ihm, mit Lächeln und Kopfschütteln über die roten Fliesen einherschreitend und plötzlich stehenbleibend, mit ausgestreckter Hand angezeigt hatte: »Hier – hier war es –, hier wohnte Padre Consalves!«

Die anderen Gefangenen waren schon in den Zellen verschwunden, beinahe lautlos. Der Sergeant wies ihnen die Plätze zu, am Treppenaufgang standen die beiden Soldaten in der Nachbarschaft der Maschinengewehre, die in die breiten Gänge wie schlafende Insekten ihre langen Rüssel starr und waagerecht hineinstreckten.

Paco war auf das Bild rechts von der Tür zugetreten, einen vergilbten Kupferstich in Lorenzo Tiepolos feiner, flaumleichter Manier. »Sogar derselbe Heilige noch – sehen Sie –: Sanctus Franziscus Borgia, Confesor. Der war Vizekönig von Spanien und wurde Jesuit, suchte sich zu verbessern...« Paco blickte einmal den leeren, gewölbten Gang hinauf und hinunter. »So ein Ort hat's doch an sich, wie? Unverwüstlich, dieser Hauch an den Wänden – und dabei ist doch mancherlei hier passiert, wie?«

Der heiter vor sich Hinsprechende wandte sich mit den letzten Worten, als wäre er plötzlich erschrokken, an den jungen Offizier. Der grinste nur und nickte: »Allerlei! – Gut, daß Sie sich vor zwanzig

Jahren fortgemacht haben – wirklich ein Glück – ein Glück für uns beide sogar!«
Das sagte Don Pedro, als sie bereits in der Zelle standen. Paco blickte ihn über die Schulter her aufhorchend an, doch tat er, als hätte er nur zu der Zellentür geblickt. Nun blickte er wirklich hin, und indem hob er die dünnen Brauen noch höher; seine fast beglatzte Stirn runzelte sich, zitternde Falten stiegen daran hoch wie feine Wellen, die über seinen Schädel nach rückwärts gleiten zu wollen schienen. In seinen Augen stand jähes Erschrecken. Im braunen Kastanienholz der Tür waren einige kleine Löcher, die frische Splitter losgerissen hatten, er war versucht, die Splitter auf den Sandsteinfliesen zu suchen.
Leutnant Pedro nickte und schaute, als Paco nun seine Augen sehr ernst in die seinen richtete, an ihm vorbei und ging auf das Stehpult zu und legte seine Hand darauf, er rüttelte ein wenig an dem Möbel und zog, als fiele ihm etwas ein, das Taschentuch und trocknete sich den Schweiß. »Furchtbar heiß in so einer Mönchzelle.« Seine Schulter zuckte. »Sie saßen wie die Maulwürfe in ihrem Bau. Heraus wollten sie nicht, da schossen wir hinein, das ging nicht anders.« Er räusperte sich.
»Wieso, wenn sie nicht schossen, konnte man sie doch in Ruhe lassen!«
»Und eine Kompanie Soldaten vier Wochen ums Kloster aufpflanzen, um zu verhindern, daß sie weiter das Volk gegen uns aufhetzen. Tut man das etwa auf Ihrer Seite? Dafür haben wir weder genug Sol-

daten noch Zeit, noch Lust und Laune. Wir fanden übrigens im Keller Handgranaten vergraben. Nicht wahr, das war doch nicht gerade freundschaftlich von den Mönchen gedacht? Derweil sie bei unserer Aufforderung nicht aus dem Bau kamen, mußten wir hinein.«

Der Erzählende versuchte jetzt sein massiges Gesicht zu einem Lächeln zu bewegen, aber es mißlang. »Ein grotesker Auftrag, den ausgerechnet ich erhalten mußte. Und hier, in dieser Zelle – wie hieß doch noch der gute Padre?« Der Leutnant ging zur Tür, beugte sich hinaus und blickte nach dem Namensschild am oberen Türrahmen. »Ah, richtig, Padre Julio. Sein Vater ist ein bekannter Mann, glaube ich, und Padre Julio hatte ein Episkopat in Aussicht, sagte man mir, die ganze Stadt war von seinem Namen voll – es sind noch keine vierzehn Tage her! Die andern Mönche öffneten wenigstens von selber die Tür, andere hatten sie schon ahnungsvoll offenstehen, einer kam mir sogar entgegen, na, der! – Andere wieder riefen, als meine Leute mit dem Revolverknauf anklopften, feierlich Salve...«

»Das ist hier der Gruß, wenn jemand anklopft«, sagte Paco und lächelte vor sich hin.

Der Leutnant nickte: »Ganz imposant, den Tod mit einem Salve hereinzubitten. Der feine Padre Julio jedoch, der hatte die Tür mit einem Draht verrammelt und rief mit hoher, schriller Stimme: ›Un momento! – ich bin ja noch gar nicht angezogen‹, es war ziemlich früh. Dann jedoch war er sehr wohl angezogen, als wir nachguckten, ob noch Leben in ihm sei. Er lag da« – der Leutnant wies mit einer unbestimmten Bewegung auf die Fliesen, die überall ein gleiches englisches Rot hatten –, »nein dort, in seinen weißen Chormantel gehüllt, und zwar auf dem Gesicht; als wir ihn herumdrehten, sahen wir an der braunen Kutte kaum ein bißchen Blut, er lebte noch. Und uns von unten einen verweisenden Blick zuschickend, sagte er laut und vernehmlich: ›Zu so früher Stunde sucht man niemanden auf – auch nicht, um ihn zu töten!‹ Darauf zeigte er uns das schöne Gebiß und war tot.«

Paco hatte auf die wulstigen Lippen des Erzählers gestarrt, als wäre er taub und müßte dort die Worte ablesen. Als der Leutnant schwieg, fuhr er zusammen, hob die Hände, drückte die Daumen an die Brust und machte mit der übrigen Hand eine flakkernde Bewegung: »Teniente Don Pedro, ich habe, wenn Sie gestatten, Durst – großen Durst; und wenn ich eine Zigarette haben könnte –«

Leutnant Pedro reichte ihm sein Etui und gab ihm Feuer, dabei fragte er: »Sie kannten den Toten etwa noch?« Paco nickte.

Darauf ging der Leutnant sofort hinaus, er sagte, er wolle selber nachsehen und eine kleine Stärkung auftreiben. Paco schaute ihm durch die Tür nach, durch die Löcher in der Tür, und schüttelte nichtsbegreifend den Kopf.

Er beugte sich, als suchte er nach etwas auf den Fliesen, beugte sich immer tiefer, und schließlich kniete er, küßte den Boden und lag so, die Hände vor dem Gesicht, eine ganze Weile reglos da. Padre Julio –

unbeschuhter Karmeliter, Graf, Schöngeist, Narr – und Freund! Soweit das innerhalb der Bruderschaft möglich ist: Freund dem unruhigen Paco, dem Padre Consalves, Vertrauter zumindest, nein, sogar Freund... Und hier, in der Zelle des flüchtigen Consalves, war er nun also gestorben. Paco aber mußte wiederkehren, um das zu erfahren.

Der zur Erde Gebeugte zuckte plötzlich zusammen, wie einer, der beinahe etwas vergessen hätte. So springt er auf und tritt ans Fenster, öffnet es, und seine Finger tasten die äußere Seite der Gitterstäbe ab, oben und unten, wo der Stein sie hält, und bei jedem Stab spürt er wie einen weckenden elektrischen Schlag die tiefe Kerbe, und da schöpft er schließlich Atem; der Luftstrom dringt zitternd in ihn ein: heute nacht noch! Er spürt die Erregung kitzelnd zwischen den Schulterblättern, er faucht einmal vor Vergnügen, dann steht er ganz still und starrt wieder auf die Fliesen. Ja, Padre Julio war es, welcher Paco, als den das Gitter störte – war man nicht aus freien Stücken Mönch geworden! –, ernsthaft den Rat gab, das Gitter anzufeilen, bis es gerade nur noch halte, dann sei das Gitter nichts weiter als ein Dekor und auch ein Sinnbild der freiwilligen Gefangenschaft!

Sie standen vor der Priesterweihe, und Julio trug sich damals immer noch mit dem Gedanken, auszutreten, wiewohl er die Gelübde schon abgelegt hatte. – Er war durch seelische Nötigung seitens seiner Eltern in den Orden getreten, wo man ihm der reichen Mitgift und des großen Namens wegen alle nur erdenkbaren Freiheiten heimlich gestattete. Schließlich war dann der Eiferer und Büßer Consalves zwei Jahre nach der Priesterweihe fortgegangen; Padre Julio dagegen, damals gerade zu Besuch bei seinen Eltern, Padre Julio, der Schöngeist und unentschiedene Weichling, hatte im Karmel ausgehalten und war so gestorben, daß seine Mörder mit einer Art Vergnügen von seinem Tode erzählten.

Und nun sollte Paco dem närrischen Rat des Padre Julio seine Flucht verdanken, o ja, das Gitter war wirklich nur noch ein »Dekor«, in dieser Nacht wird man es herausbrechen und – Paco zieht die Brauen zusammen: das Fenster liegt allerdings hoch in der Mauer, wohl über zehn Meter. Er blickt sich suchend in der Zelle um: der Strohsack, natürlich, das wußte man aus den zahlreichen Fluchtgeschichten der Matrosen! Man mußte nur ein Messer haben, der Drilch ist sehr dick – ah, und auch das noch: Paco sieht unter dem Vorhang des Kleidergestells ein Stück Draht hervorstehen, es ist grober Zinkdraht, wohl fünf Meter lang, der Draht, mit dem wahrscheinlich Julio seine Zellentür verschlossen hatte. Er betrachtet den wirren und offensichtlich achtlos zusammengedrehten Drahtring, läßt aber sogleich den Vorhang darüberfallen und befühlt den Stoff: der stammt gewiß von Padre Julios Eltern, vom Schloß, in den übrigen Zellen gibt's keinen Brokat. Armer Julio, du warst immer so hilfsbereit, so erfinderisch, jetzt sogar noch! Wo haben sie ihn wohl begraben?

Im Grunde war Julio der ungeschickteste Mensch von der Welt. Er konnte sich gegen niemanden wehren: nicht gegen die Eltern, die ihn hier einsperrten, und nicht gegen seine Mörder, die ihn hier herausholen wollten. Dafür hilft er jetzt mir heraus ... Pacos Falten in den Backen sind wie zwei klaffende Wunden, die nicht heilen wollen, sein Lächeln läßt sie nie zur Ruhe kommen.

Er schöpft tief Atem und geht auf das Stehpult zu, darüber der heilige Johannes vom Kreuz aus einem alten Kupfer blickt. Er nähert sein Gesicht den Augen des Heiligen, und gleich schüttelt er seufzend den Kopf: warum sie nur so wehmütig aus ihrer Glориole in die Welt schauen? Nun wohl, der Ordensvater hatte es aus seinem Bilde her mit ansehen müssen, wie sein Sohn, Padre Julio, gegen die Tür gewandt stand und »un momento« schrie. Aber er sah den Padre Julio auch verträumt vor sich hinlächeln und lateinische Verse schreiben: an Cousinen und ehemalige Schulkameradinnen, jedoch gerade das mußte den strengen Ordensvater noch schwermütiger stimmen. Paco lächelte mit seinem undurchdringlichen Gesicht den Heiligen an. O ja, man begriff ein wenig diesen suchenden und nie Genüge findenden Blick. Die Heiligen, die Liebenden und die utopischen Träumer dichten immerfort auf ihre Weise an der Welt weiter, und alle merken sie bald, wenigstens die besten von ihnen – Paco zwinkert dem Heiligen mitleidig zu –, daß man die himmlischen Visionen schwer unterbringt auf dieser Welt. Das stimmt schwermütig, wenn die Bilder reiner Sehnsucht in keinen Rahmen passen wollen, wenn die Wirklichkeit sich scheinbar als ein blindes, wucherndes Gewächs erweist, das die Heiligen, Liebenden und Träumer nur wie parasitische Blattläuse erduldet. Aber wie traurig wäre die Welt ohne die Schwermut aus unstillbarer Sehnsucht! Das erlebte er an sich selber, sooft er praktisch und vernünftig werden wollte, nur das ansteuernd, was das körperliche Wohlbefinden verlangte. Das war ein Vorgang, als entschlösse sich jemand beim Anblick der munteren Fische einer von ihnen zu werden: er stürzt sich hinab, doch merkt er bald, daß, um da unten zu leben, ganz bestimmte Organe vorhanden sein und andere fehlen müssen. Da war es hernach doch noch viel besser, droben die Schwermut wie eine Atembeklemmung zu haben, als drunten in der Traurigkeit zu ersticken.

Früher, im Mittelalter, gab es acht Hauptsünden: die achte war die Traurigkeit. Ganz famos, Paco reibt sich das stoppelkrachende Kinn und geht in der Zelle langsam auf und ab, doch damit wußten dann die Theologen nichts mehr anzufangen, sowenig wie die tüchtigen Leute mit der Schwermut. Ich meinerseits, denkt Paco, ich gehe hier auf denselben Fliesen, wo Padre Julio starb, möchte wieder einmal praktisch sein, vernünftig, denke über die Möglichkeiten des Ausrückens nach und habe ein ganz kitzlig-zwiespältiges Gefühl dabei. In meiner Zelle, in seinem Sterbezimmer, warum eigentlich diese Hast, von hier fortzukommen? Weil das Gitter angefeilt ist, seit zwanzig Jahren, weil diese Zelle es an sich hat, mich loswerden zu wollen, wie? Er reibt seine Schultern an der Mauer; ein Gefühl von Wohligkeit und zugleich die Flohstiche, an die er aber nicht denkt, lassen ihn diese Bewegung ausführen. So ruft er, aus tiefem Sinnen auffahrend: »Salve.« Ja, es hatte geklopft, man war wieder ganz mönchisch geworden, und die Zelle hatte ihn offensichtlich doch wieder wohlwollend aufgenommen. Leutnant Pedro stellt ein Tablett auf das Pult. Da ist alles, was man braucht: Wein, Wasser, Brot, Käse – und sogar ein Messer! Das Messer hat mit seinem unerhofften Erscheinen eine magische Kraft. Es ist ein Küchenmesser, stabil und schön spitz, Paco errötet, und Leutnant Pedro glaubt, es sei der Dank – gewiß das auch! Dank für alles, aber ganz besonders für das Messer. Wenn er es hier läßt, denkt Paco – er muß seinen Blick gewaltsam abwenden, damit der andere nichts merkt –, wenn er's hier läßt, ist man ein gutes Stück weiter. So ein Messer ist – und er greift danach, um sich ein Stück Käse abzuschneiden –, ist wirklich eine Kraft in der Hand. Er wendet sich zu dem Leutnant, der auf der Pritsche sitzt und vor sich hinstarrt, den Kopf in den Händen. Paco beginnt zu danken, er stammelt etwas von Ritterlichkeit und zuviel Güte. Indes – die Gestalt auf der Pritsche macht mit den Schultern eine abwehrende Bewegung. »Nicht doch, Padre Consalves, sagen Sie mir lieber, er war also Ihr Freund? Wie seltsam, nicht wahr, daß Sie dasitzen und essen, wo er – Gott, das ist ja wie auf einem Puppentheater! Der eine wird hinausgeschleppt...« Paco unter-

brach ihn mit der Frage, wo die Leiche »bestattet liege«. Der Leutnant murrte: »Auf dem Friedhof natürlich, was denken Sie von uns, Padre Consalves?«
Paco hob die Hand: »Bitte nicht Padre, und an alte Namen will man nicht erinnert sein. Ich habe den Padre in tausend Hafenschenken im Wein ertränkt und in Lotterbetten verhurt, damit Sie's ganz genau wissen.«

»Um so besser für mich«, flüsterte Leutnant Pedro. Seine ein wenig glotzenden Augen in dem aufgeschwemmten Gesicht stoben Funken – von Begehrlichkeit, schien es Paco für einen Augenblick, und er fühlte sich beklommen. Darauf sah er, wie der andere sich die Hände ins Gesicht klatschte und so gebeugt sitzenblieb.

Paco aß weiter. Er mußte jeden Bissen mit Wein herunterspülen; er wußte nicht warum, aber die Nachbarschaft dieses Menschen bedrückte ihn.

»Warum setzen Sie sich eigentlich nicht?« fragte Leutnant Pedro unvermittelt.

»Ach richtig«, Paco ließ sich auf dem Strohstuhl nieder. »Komisch!« murmelte er vor sich hin.

»Was ist komisch?«

»Daß ein Stuhl hier steht und ich mich nicht setze.«

Leutnant Pedro zuckte die Schulter und versank wieder in sein Brüten.

»Wer sollte es glauben, daß ich nie auf diesem Stuhl hier gesessen habe?« sagte Paco, er schien über seine eigenen Worte erstaunt.

Leutnant Pedro hob das Gesicht mit einem Ruck: »Wie, Sie belogen mich etwa?«

»Wieso?«
»Sind Sie wirklich Priester?«
»Aber was hat denn das damit zu tun?« Paco schüttelte fragend den Kopf. Endlich begriff er den Zusammenhang. »Ah, weil ich nie auf diesem Stuhl saß?« Er lachte. »Das hatte einen andern Grund. Ich wollte damals heimlich den Säulensteher machen, ich habe durch Jahre nur gekniet, gestanden oder gelegen! Ganz nette Übung – aber im ganzen genommen ein einziger Bluff, sage ich Ihnen. Ich war auf meine Bußübungen so stolz wie Sie auf Ihre Medaille da. Nun ja, man will auf jeden Fall etwas aus sich machen – und dabei ...«
»Sprechen Sie doch weiter«, drängte der junge Offizier.
»Ach so, ich meine – dabei steht unsere Tüchtigkeit uns hernach im Wege zum Eigentlichen, das auf uns wartet.«
»Was meinen Sie mit diesem Eigentlichen?« Leutnant Pedro beugte sich vor und betrachtete neugierig den Essenden, der sich soeben ein Stück Käse abschnitt und das Messer bei seinen letzten Worten kopfschüttelnd betrachtete.
»Mit dem Eigentlichen, ja«, Paco warf das Messer achtlos aufs Tablett, »ich habe für mich 'rausgekriegt, daß es meist im Gegenteil von dem besteht, was ich anstrebte. Wissen Sie, daß ich den Karmeliterorden und die ganze spanische Kirche reformieren wollte?« Paco fragte das, als hätte er einen indezenten, in Frageform gekleideten Witz gemacht.
»Gott noch mal, nötig wär's gewesen, und Sie waren

jung!« Leutnant Pedro sagte das leicht und wegwerfend.
»Nötig wär's gewesen?« Paco lächelte, er putzte sich mit seinem zerrissenen Hemdsärmel den Mund ab.
»Was nötig ist, das geschieht immer, mit oder gegen uns, das ist schon ein Trost, wie? Sie zum Beispiel, Teniente Don Pedro, Sie haben hier sehr durchgreifend reformiert. Bitte, nein, erzählen Sie mir vorläufig nichts mehr darüber.«
Er rückte seinen Stuhl auf eine andere Stelle, er saß jetzt an der Wand, und die tiefstehende Sonne warf den Schatten des Gitters auf die Fliesen, so daß die Schattenstäbe nun zwischen ihnen lagen. Paco streckte die Hand aus: »Also hier!«
Leutnant Pedro nickte: »Wenn's nicht Ihr Freund gewesen wäre, möchte ich sagen, daß mich die Stelle, wo so ein Mönch umgelegt wurde, herzlich wenig angeht, man ist an solche Vorstellungen gewöhnt – an solche schon, o ja!«
Paco hielt den Kopf schief, als lauschte er auf etwas. »Gewöhnt? – Hören Sie, das ist doch Artillerie, wie?« Es donnerte dumpf und verworren in der Ferne, und er fuhr, ohne Antwort abzuwarten, fort: »Gewöhnt? – oh, ich habe mich nicht einmal an mich selber gewöhnen können! Sehen Sie, ich bin immer noch auf meinem Kahn, wenn ich bereits im Hafen bin, und noch in einem festen Landbett, wenn ich schon wieder auf dem Meer herumgondele. Das ist nicht gesund, wie? Aber daran kann man nichts ändern – oder?« – »Ich verstehe nicht.«
»Ach so, natürlich nicht! Sie haben eben eine dicke

Pelle, ich meine, weil Sie sich so schnell an alles gewöhnen!«

»Oh, nicht an alles, hören Sie auf, nicht an alles!« Der wollige Kopf des Sprechenden hing nun fast zwischen seinen Knien. So zeigte er, ohne die Schultern zu heben, sein Gesicht; er mußte die Augen verdrehen, Paco schauderte innerlich vor dieser plötzlichen Grimasse des Schmerzes. Der Leutnant flüsterte, zischelte förmlich: »Würden Sie meine Beichte hören!«

Paco hatte sich, als er das hörte, gegen die Stuhllehne heftig zurückgedrückt, das Holz quietschte. Es entstand eine Pause, die eine Stechmücke mit ihrem metallischen, propellerhaften Summen erfüllte. Paco schlug einmal fangend mit der Hand durch die Luft; als er sie öffnete, war die Hand leer.

»Aber hören Sie«, sagte er ganz nebensächlich, »ich bin doch Matrose.«

»Sie müssen wissen«, fiel Leutnant Pedro schnell ein, »ich bin Jurist, das heißt, ich studierte noch, als der Krieg ausbrach, aber ich weiß das eigentlich auch aus der Schulzeit: Sie bleiben Priester, Sie behalten alle Vollmachten!« Paco war aufgestanden und an das Fenster getreten. Es stand weit geöffnet, aber kein Luftzug bewegte die Gluthitze in der Zelle. Wie dunkles Gold lag die sanft absinkende und am Horizont nicht sehr fern sich wieder hoch wellende Ebene da. Die wenigen Kastanienbäume standen in pilzhafter Ruhe und Unvermitteltheit auf der kahlen Fläche, struppige Wacholderbüsche reckten sich wie schwarze Flammen, und

die Schatten der Bäume schossen karminfarben gegen die Mauern der Stadt. Das ganze Land und alle Dinge schienen aus Bronze gemacht, und wie ein ungeheurer Gong erbebte summend die Hochebene, wenn die Kanonenschläge sie trafen. Die Sonne stand nur noch eine Handbreit über dem kahlen Höhenzug, man konnte schon hineinsehen, aber dann erblickte man in der dämmerigen Zelle überall Sonnen, die zu kreisen begannen, gegeneinanderstießen und schließlich sich auflösten.
»Gewiß, gewiß« – Pacos Stimme kam, als beruhigte er ein Kind –, »doch ich als exkommunizierter Priester könnte Sie nur in articulo mortis, wie der Fachausdruck lautet, lossprechen. – Daß Sie aber am Sterben sind, kann man wirklich nicht behaupten.«
»Gottverdammter Theologenkram«, der Leutnant sprang in die Höhe, »wenn ich mich nicht in Todesgefahr fühlte, nähme ich mir Zeit.«
Paco hob aufmerksam, aber auch mitfühlend den Kopf. »Todesgefahr? Nun, es ist Krieg!«
Der Leutnant schlug mit der Hand durch die Luft, verächtlich: »Diese Todesgefahr meine ich nicht, an die denke ich gar nicht. Hier ist etwas anderes. Jeden Morgen, wenn ich wach werde, kann ich mir den Schweiß abtrocknen, eine Sauerei, sage ich Ihnen, ich kannte nie ein solches Gefühl, bis diese verdammten Nonnen« – seine Worte stockten, ja scheuten förmlich wie Pferde vor einem Stück Papier und übersprangen dann das Hindernis mit einem wüsten Fluch, der zugleich eine Zote auf Maria als die unbefleckt Empfangene enthielt.

Paco schüttelte den Kopf: »Sie fluchen aber reichlich unappetitlich, und das wegen ein paar Nonnen, Teniente Don Pedro?«
Der Getadelte keuchte, endlich nickte er: »Ich weiß, ich verderbe mir alles, aber Sie wissen ja nichts. Abends, wenn ich schlafen gehe, fürchte ich mich vor den Träumen, begreifen Sie das bei einem hartgesottenen Soldaten, und das bin ich!« Er fluchte wieder, doch diesmal verwünschte er den Teufel. »Vielleicht ist das alles nur ein verdammter Aberglaube – ich meine nicht die Beichte, Padre, o nein, sondern diese Träume, diese Angst, als ob jemand mir auflauerte, jemand, den die Nonnen geschickt haben.«
Paco fragt jetzt: »Welche Nonnen?« Er denkt aber an etwas anderes.
Der Leutnant wendet sich erschrocken ab und schüttelt den Kopf: »Später, Padre, es ist furchtbar, in der Beichte, ja!«
Paco denkt wirklich an etwas anderes, er denkt: wenn ich jetzt so tue, als ob ich mir noch ein Stück Käse abschnitte, das Messer ist sehr spitz und stabil – das ginge schnell und lautlos. Und mit seinem Revolver dann – man brauchte nur ein paar Zellentüren aufzuriegeln – so im Vorbeirennen – und die paar Wachtleute, wenn man plötzlich so um die Ecke käme, werden nicht gerade schußbereit am Maschinengewehr liegen ...
Das sind allerdings nicht eigentliche Gedanken, es ist dies ohne seinen Willen arbeitende soldatische Unterbewußtsein, der unermüdliche Fachtrieb, der

einen Schuster auf seinem Spaziergang den andern, ohne es zu wissen, auf die Füße blicken läßt. Paco verzieht das Gesicht, als hätte er Kopfschmerzen, er sagt: »Ihr Posten ist allerdings nicht ganz ungefährlich!« Das klang fast wie eine Warnung, Paco ist übrigens selber verwundert.

»Oh« – Leutnant Pedro macht mit den Lippen einen indezenten Laut, er lacht durch die Nase –, »nicht daß Sie meinen, ich hätte vor den Gefangenen Angst. Was die angeht« – aber da bricht er ab, einen schrägen Blick gegen Paco hinaufwerfend, und seine dicke Hand fährt nervös an sein Bärtchen. »Ach nein« – er senkt den Kopf –, »gegen die gibt's ja Maschinengewehre! Aber die Träume, sage ich Ihnen.«

Er warf jäh den Kopf in den Nacken. »Sie können sich beim besten Willen nicht vorstellen, was ich angestellt habe, Sie nicht, Sie sind ein Kind gegen mich, wenn Sie's auch nicht glauben. Meine Sünden besuchen mich im Traum – es ist – o misericordia!« Er stampfte mit dem Fuß auf und wandte sich wieder auf diese Weise ab, als fürchtete er sich. Paco empfand ein seltsam unbestimmtes Verärgertsein; warum bringt er mich nicht in Wut, dieser Schurke; jetzt wäre der richtige Augenblick da, aber ich bin nicht im Schwung ... Brachte mir zu essen und zu trinken und dazu das Messer – warum ist er so ausgemacht dämlich, einem Gefangenen ein Messer hinzulegen und sich dann derart zu postieren, als warte er auf den Stoß! – Und dabei noch solche ahnungsvollen Träume zu haben! Vertrauen kann unverschämt werden. Ich bin schließlich sein Feind, auch jetzt noch, ich habe das Recht, jede Möglichkeit zum Entweichen zu benutzen, jede! Warum stünden sonst die Maschinengewehre gegen uns gerichtet? Also dreh dich herum, sonst –

Paco starrte den Leutnant mit kleinen Augen an, er dachte das nicht Wort für Wort, aber all das und noch mehr staute sich dumpf in ihm an, doch er vermochte es nicht, zornig zu werden. Dieser starke Rücken vor ihm war auf eine zu elende Weise bedrückt, und so legte er ihm langsam die Hand auf die Schulter, sagte: »Ich habe eigentlich an meinen Sünden schon übergenug. Drehen Sie sich doch herum, die Sonne ist wohl untergegangen, zu schämen brauchen Sie sich nicht!«

»Ach, schämen!« Der Leutnant lachte grob auf.

»Gewiß«, Paco nickte, »man schämt sich, wenn man einer Dame ein Reiskorn ins Gesicht hustet, entsetzlich, nicht wahr, aber wenn man ein paar Mönche umlegt...«

»Nonnen«, flüsterte der andere, »Nonnen, und die kommen jetzt – die letzte Nacht wurden sie frech, sage ich Ihnen, einfach frech!«

»Dazu haben sie schließlich ein Recht«, murmelte Paco.

»Nein, dazu nicht.« Der Leutnant schrie das gewürgt. »Die sind grausamer, diese Weiber, als ich es war! – Schließlich starben sie endlich, aber ich, ich schieße mich hundertmal in den Kopf, und sie stehen lachend um mich herum, wie Marktweiber, so lachen sie, diese verdammten Kleiderständer.

Und jedesmal, wenn ich bei ihrem Lachen mir den Revolver an die Schläfen drücke: sie lachen, ach ja! – eben wie nur Tote lachen können. Dann wird der Revolver immer zu irgendeiner Sache. Das habe ich wirklich geträumt, gestern nacht: aus dem Revolver wurde ein Büchsenöffner, eine Blume, denken Sie sich, ein Hausschlüssel – oder er bricht mitten entzwei, oder es kommt Wasser vorne heraus, ist das nicht...? Und sie lachen, haben Sie einmal Tote lachen gehört?«
»Nie! Ich wußte überhaupt nicht, daß die Toten lachen. Glauben Sie übrigens, daß eine Beichte den Toten dieses Lachen untersagen könnte?«
Paco lehnte, sich den Rücken scheuernd, an der Wand, seine Stimme klang nicht gerade höhnisch, doch ziemlich kühl. Ebenso fuhr er fort: »Ich glaube nicht einmal, daß die Toten grausam sind. Sie – Sie sind grausam!«
»Ich bin ein Teufel«, knirschte die Schattengestalt, er sah jetzt sehr klein aus, der Teniente Don Pedro.
Paco blickte über ihn weg an die jenseitige Wand, sie verschob sich im schwindenden Licht. »Ein Teufel? Sie sind ein Mensch, sogar ein gläubiger Mensch. Ja, das ist sehr seltsam, wie? – daß die Menschen gläubig sind und doch sündigen – und noch seltsamer: daß sie sündigen und doch immer weiter glauben.«
Es wurde an die Tür geklopft. Leutnant Pedro war mit einem Ruck ein anderer, mit zwei festen Schritten war er hinaus. Paco hörte, wie draußen sich ein Riegel vorschob, und dies Geräusch riß ihn auf eine

verletzende Weise aus seinen Gedanken: gefangen wie ein Schwein im Kober, durchfuhr es ihn! Und er blickte sich mit nüchternem Suchen in der Zelle um, steckte das Messer zu sich und trat ans Fenster.
Die Hitze hatte noch nicht merklich nachgelassen, in einer halben Stunde würde es ganz dunkel sein, immerhin dunkel genug, um über das kahle Plateau der Richtung zu folgen, wie sie das ferne Grollen der Geschütze angab. Vielleicht würde man sich aber auch noch anderswo hinwenden, man hatte in zwei Stunden das schmale Licht des zunehmenden Mondes. Einerlei, wo man auskäme, nur nicht länger wie ein Mastschwein hier hinter dem Riegel sitzen.
In der Zelle nebenan sangen zwei Stimmen leise und eintönig, es war mehr ein Gebrumm, wie es Menschen von sich geben, wenn die Melodie ihnen noch im Herzen sitzt und die Brust noch zu schwer und unbeweglich ist, ihr zu folgen. Paco lauschte. Er kannte die Mitgefangenen kaum, er war mit seinem Leutnant Don Juan und einem Kameraden, der aber ebenfalls gefallen war, erst seit einigen Tagen zu der Truppe gekommen, als sie dann gestern abend auf einem Vormarsch umzingelt wurden. Doch war man immerhin in diesem Augenblick dicht beieinander gewesen, man hatte geschossen und dann nicht mehr geschossen, man war zusammen entwaffnet und abgeführt worden, zusammen hatte man die Nacht Hunger und Durst gelitten, zusammen den Lastwagen bestiegen, um dann hier eingesperrt zu werden, alle miteinander unter dem-

selben Dach, Paco nickte; und da mußte man wohl sehen, daß auch alle zusammen wieder hier herauskamen – nein, allein durfte er wirklich nicht fort, das ging einfach nicht.

Er rüttelte in einer Art von aussichtslosem Liebkosen an dem Gitter, das beim ersten festen Ruck nachgeben würde. Weiß Gott, nun war es noch einmal zu einem Symbol freiwilliger Gefangenschaft geworden – jedoch nicht für lange. Er fühlte nach dem Messer in seiner Hosentasche und wog es eine Weile in der Hand; man konnte die Klinge noch gut blinken sehen, sie sah in der Dämmerung wie ein Stück Eis aus, das aber in seiner vor Aufregung schwitzenden Hand nicht schmolz. Paco dachte nach, er steckte das Messer in die Tasche und lauschte an der Tür. Er hörte den festen langsamen Schritt des hin und her patrouillierenden Sergeanten – und er klopfte. Der Riegel schurrte kurz und entschieden, die Tür wurde einen Schlitz aufgetan, und der Sergeant fragte nicht ohne einen Ton von Zuvorkommenheit – er hatte bemerkt, daß sein Vorgesetzter diesen Gefangenen bevorzugte –, was er wünsche. »Ach« – Paco nahm indem das Tablett –, »es ist noch Käse und Brot und auch ein bißchen Wein hier. Ich habe genug, wenn Sie – ich weiß nicht, aber das Tablett stört mich, ich möchte das Pult freihaben.« Der Sergeant griff, ohne einen Augenblick zu überlegen, nach dem Tablett – seine Ration war, nach seinem vergnügten Gesichtsausdruck zu beurteilen, nicht sehr groß – und verschwand.

Als der Riegel wieder schurrte, zog Paco nochmals

das Messer aus der Tasche, fuhr prüfend mit dem Daumen über die Klinge und steckte es wieder ein; nun war es ihm sicher!

Er legte sich einen Augenblick auf die Pritsche, und wie er zur Decke hinaufstarrte, entdeckte er einen Rostflecken – wie? ... War das noch derselbe von vor zwanzig Jahren? Nicht gut möglich, dachte er, Padre Julio hätte ihn nicht so lange geduldet, aber Wasserflecken schlagen durch, sooft man sie auch zukälkt, und er war nun sogar noch ein Stück gewachsen. Paco seufzte.

Es war wirklich dieselbe Landkarte seines Traumreiches, seiner Insel der Acht Seligkeiten und des dionysischen Weinstocks, sein Utopia im weiten, weißen Meer der Kalkdecke, die Hyperboreer seiner Bettstatt, die er jede Nacht vor dem Einschlafen und oft auch im Traume besuchte, um dort, auf einem Esel umherziehend, alle jene Predigten, die von den Acht Seligkeiten und die vom Allvereiner Dionysos, zu halten, welche ihm in der Wirklichkeit auch nur niederzuschreiben verwehrt waren.

Eigentlich brauchte man diesen schlichten Inselmenschen nicht zu predigen, um sie in diesen Wahrheiten zu unterrichten oder sie gar damit zu bedrohen, denn alle göttlichen Wahrheiten sind kernhaft in der unverdorbenen Seele; es galt sie nur zu wecken und die Seele noch tiefer im Reich des Göttlichen zu verweben.

Die Leute waren meist Fischer, kleine Ackerbauern und Handwerker, die ihre Erzeugnisse auf den

Markt brachten und dort gegeneinander austauschten. Geld kannten sie nicht. Die Künstler und Gelehrten ernährte und kleidete das Gemeinwesen, und sie wurden wie die honigsammelnden Bienen gehalten. Mord, Raub und Betrug gab es nicht, von Zeit zu Zeit hatte das Gericht es mit einem kleinen Dieb zu tun, mit einem Verleumder, der aus Langeweile seine Zunge nicht im Zaume hielt, oder mit einem Ehebrecher. Die Bestraften sonderte man nicht örtlich von den andern ab, sie mußten vielmehr eine besondere Kleidung tragen, bei den Gemeindeversammlungen abseits sitzen und schweigen, bis für sie beim Richter Fürsprache eingelegt wurde. Dann zog man ihnen in der Öffentlichkeit wieder feierlich die Bürgerkleidung an, und der Stadthauptmann küßte sie im Namen des Volkes, und es schloß sich ein Freudenfest an. Auf der Insel gab es übrigens auch noch richtige Heiden, welche die alten Götter verehrten. Die Christen und Heiden neckten sich wohl gegenseitig mit dem, was man am andern nicht verstand, doch durften die christlichen und heidnischen Priester und Gelehrten zu diesen Verschiedenheiten in Glauben und Kult und in mancherlei sittlichen Anschauungen nicht öffentlich oder gar in apologetischen Büchern Stellung nehmen. Denn man sah ja, daß die Früchte des inneren und äußeren Lebens bei Christen und Heiden dieselben waren – und wenn Paco auf der Insel ankam, liefen ebenso viele Heiden an den Strand, ihn zu begrüßen, als Christen. Und wenn er aus den christlichen Kirchen kam, ging er auch in den Dionysostempel, besonders am sechsten Januar, wenn das große Weinwunder geschah. Am Erntefest und im Frühling wohnte er den Demetermysterien bei, und es war bekannt, daß viele Christen, sogar Priester, sich in die Mysterien hatten einführen lassen. Denn das Heidentum bewegte sich fromm in jenem Bereich, der dem Christentum in dieser Ausgeprägtheit von jeher versagt geblieben war, in jenem Bereich nämlich, wo die Natur sündelos ganz im Göttlichen liegt und das Göttliche in der Natur antastbar erscheint und in den Göttern seine Unaussprechlichkeit aufhebt und sich den Sinnen darstellt, ohne sich in dogmatischen Formen dem Verstande preiszugeben. Die Christen auf der Insel aber sagten, sie hätten statt der Götter Maria und die Heiligen, und außerdem: die Dreifaltigkeit sei ja schließlich in Vater, Sohn und Geist den Menschen begegnet, und in diesem Geheimnis ließen sich alle menschlichen Ordnungen und Lebensformen durchaus im Göttlichen spiegeln, ja, aus ihm herleiten und heiligen. Heiden und Christen wetteiferten so in ihrem Gotterkennen, wiewohl das eine die Gottesbilder aus der Schöpfung, das andere sie aus dem Buch, der Sehnsucht des einsamen Herzens und dem Geist der Geschichte empfangen hatte. Da man sich aber gegenseitig eifrig beobachtete, kam es, daß die Christen in ihrem Glauben vieles von den Heiden hatten und die Heiden umgekehrt von den Christen; und das mehr im Waagerechten verlaufende heidnische Denken und das senkrecht in die Unendlichkeit aufsteigende der

Christen kreuzte sich wie die Fäden am Webstuhl. Das Gotteskleid, das sie auf diese Weise woben, trug die Muster sehnsuchtsvollen Friedens und demütiger Güte.

Paco war deshalb so häufig auf der Insel, weil die Überfahrt bequem war. Bald fuhr er fast jeden Abend, wenn er auf dem Bett lag, hinüber, und schließlich wurde sein Entweichen auf die Insel an der Zellendecke eine Flucht, die sein Gewissen zu bedrücken begann.

Er beichtete also seinem alten Dogmatikprofessor, dem Padre Damiano, seine Fahrten nach Utopia. Der zog die Brauen zusammen – er war ein unsagbar nüchterner Mystiker! –, und ihm mit der Hand das Gesicht zu sich heraufhebend (Padre Consalves kniete vor ihm in der Zelle), knurrte er nur: »Wechseln Sie die Zelle oder lassen Sie ihre Insel zustreichen, oder noch besser: Fahren Sie nicht mehr hinüber. Vergessen Sie nicht: noch keiner hat die Welt zu einem Utopia reformieren können, keiner, selbst Er nicht! Wenn Sie bedenken, Padre Consalves, daß die ganze Welt eine Börse ist (Padre Damiano war früher ein bekannter Bankier gewesen), und wenn Sie sehen, wie schlecht die Aktien Gottes stehen und Sie trotzdem kaufen, dann denken Sie also etwa heimlich: Wollen sehen, man kann nie wissen? – Ich kann Ihnen sagen, Sie spekulieren daneben! Kaum haben Sie gekauft, schon sinkt der Kurs von neuem, sinkt, sinkt und sinkt, Sie gelten allgemein als ein Trottel, man lacht Sie aus. – Sie behalten aber das Papier, Sie behalten es, nun

ja, weil Sie es ohnehin nicht mehr anständig loswerden. Wegwerfen, ja, das wohl, aber verkaufen? – Sie wissen ja, die Kinder dieser Welt sind klüger als die Kinder des Lichtes. Und nun beginnen Sie heimlich und leise, um Ihre wertlos gewordene Aktie doch vielleicht wieder auf den Markt zu bringen, ein Utopia zu gründen, irgendwo, keiner hat es gesehen, aber Sie erzählen davon, ach ja: was das Christentum alles doch bewirken könne; und das Ergebnis: ein richtiger Bankkrach! Die Leute erfahren: das gibt es ja gar nicht, dieses Utopia, diese erlösten, friedlichen Christen, diese losgelösten, nur nach dem Ewigen trachtenden Priester, überhaupt dies besondere Leben, das die Erde liebt, wie nur die Heiden es können, und zugleich für nichts erachtet, wie es den Christen aufgegeben ist, nein, dies besondere Leben, das gibt es ja nicht. Die Christen sind nicht anders als die übrigen Menschen. Wenn das dann wieder neuerdings feststeht, muß Ihr Utopia als ein Schwindelunternehmen angesehen werden, und was sind Sie in diesem Fall? Und wo gehören Sie hin? Ich sage Ihnen, ins Gefängnis, genau wie dieses und jenes Finanzgenie, das am Mississippi oder in Alaska eine Gesellschaft gründet, die nur auf dem Papier existiert.«
Paco hatte damals flehentlich die Hände erhoben: »Ja, aber unser Glaube!? Christus hat doch gesagt, daß wir noch größere Zeichen und Wunder als er verrichten würden.«
Padre Damiano lachte grob: »O gewiß! Das größte Wunder ist nämlich, an diese scheinbar faule Aktie

zu glauben, und nicht einmal, weil das in der Offenbarung steht – das könnte ja ebenfalls ein leeres Versprechen sein –, sondern weil unser Herz erkannt hat: die Aktie ist echt. Hier ist der Weg, die Wahrheit und das Leben – und nicht da und nicht dort, wenigstens nicht für mich. Und nun sei treu und kühn, glaube, hoffe und vor allem liebe! Und deine Aktie gibt dir mehr als ein Utopia: sie gibt dir den Mut, ein Mensch zu sein, dem nichts mehr schadet und den nichts mehr enttäuscht! Denn alles ist euer, sagt Paulus, ihr aber seid Gottes.«
Paco hatte noch einmal die Hände gehoben: »Ja, aber, Padre, wenn das Leben der Christen sich in nichts unterscheidet von dem der andern; wenn es nicht mehr und nicht schönere Früchte trägt, ist dann noch eine Ursache vorhanden, die Wahrheit dieses Glaubens als verbürgt anzunehmen?«
Padre Damianos breites, dickes Gesicht verdüsterte sich, er stülpte die Lippen vor, und seine blutunterlaufenen, immer tränenden Augen verkniffen sich. »Wenn Sie den Christen damit insgesamt einen Vorwurf machen, richtet sich dieser Vorwurf gegen die Majestät Gottes! Denn wir sind nach seinem Willen so, wie wir sind, wir Menschen insgesamt. Und merken Sie sich, Padre Consalves, es gibt kein Innerhalb und Außerhalb der Kirche. Vor Gott gibt es nicht einmal die Hürden der Religionen, die wir Menschen aus mancherlei Gründen offensichtlich notwendig haben. Nur das eine ist unumstößlich: Gott ist die Liebe, und wer in der Liebe bleibt, der bleibt in Gott und Gott in ihm. Die Liebe aber ist

die diskreteste Tugend, und sie kann in Verwandlungen auftauchen, wo wir sie gar nicht mehr erkennen. Sie wollen die strahlenden Früchte der Christen sehen, die alles überstrahlenden! Ach, du lieber Himmel, wenn das so exakt statistisch festzustellen wäre, hätte die ungetaufte Menschheit alle Eile, innerhalb vierundzwanzig Stunden sich taufen zu lassen, aus lauter Tugendkonkurrenz. Gottes Denken ist nicht so praktisch, so rechnerisch, so gewaltsam! Der Mensch ist nicht Buddhist, Mohammedaner oder Christ, weil in jeweils seiner Religion die hellsten Tugendfrüchte gezeitigt werden, sondern weil ihm dieses himmlische Gewand von den Eltern überliefert wurde, und vor allen Dingen, weil es ihm paßt: er kann sich darin bewegen, es hält ihn warm, und er hat es gern; er hält es sauber und wirft es nicht weg: denn auch die Tradition verbindet mit Gott. Alle diese Gewänder aber sind aus ein und demselben Stoff gemacht: aus der Liebe Gottes und der Liebe zu Gott!« Und nun neigte sich der Alte zu Padre Consalves' Ohr: »Gott geht nicht nach Utopia! Aber auf diese tränenfeuchte Erde kommt er – immer wieder! Denn hier ist unendliche Armut, unendlicher Hunger, unendliches Leid! Gott liebt das ihm ganz andere, liebt den Abgrund, und er braucht – verstehen Sie mich um seines heiligen Namens willen recht –, braucht die Sünde! Sie verstehen mich. Er ergießt sich. Er erneuert, Gott schafft Götter. Der Kosmos ist sein geliebter Sohn, der von ihm, dem Vater, alles empfängt im Geist, in der Liebe. Und dieser Sohn wird so, wie der Vater es will! Gott liebt die Welt, weil sie unvollkommen ist. – Wir sind Gottes Utopia, aber eines im Werden!«

Paco auf seiner Pritsche seufzte. Die Landkarte an der Decke war nun von der Dämmerung ganz überspült worden. Versunken im Meer die gelben Küsten, die weißen Städte, die friedlichen, heiteren Menschen. In der Ferne bellte die Feldartillerie, plumpsten die Mörser. Der bronzene Gong summte. Und Padre Damiano war – ach, er mußte den schrecklichen Juristen in Leutnantsuniform doch noch ein wenig ausfragen. Man mußte – was mußte man alles noch in dieser Nacht! Handeln – vielleicht sogar töten – einen Ahnungslosen, vielleicht!

Utopia – wie recht hatte der alte Dogmatiker! – trug die Schuld an seinem Austritt. Padre Damiano hatte ihm am Abend vor seinem Fortgehen aus dem Kloster noch mancherlei gesagt. Padre Consalves hatte schon den Zivilanzug auf der Zelle, und darauf hinweisend, sagte er: »Padre Damiano! Sie hätten es nicht geglaubt, nicht wahr, aber ich weiß nicht mehr, warum ich hier in dieser Zelle sitze, es muß etwas geschehen!«

Der Alte hatte – aber er war eigentlich noch nicht so alt – seine zwei Zentner Leibesgewicht auf die Pritsche fallen lassen und dann die Backen aufgeblasen und vor sich hingenickt: »Es muß etwas geschehen, sagte der Floh und sprang.« Padre Damiano sagte das ebenso vergnügt wie nachdenklich. »Und dieser Sprung gehört zum Ganzen, zum großen Geschehen – wiewohl weiter nichts Weltstür-

zendes dabei herauskam, aber er sprang, wie gesagt.«
Schließlich hatte er nach der Decke aufgeschaut, sich weit zurückbeugend, und den Rostflecken lange studiert. »Ja, wer möchte nicht so eine schöne Insel haben, um sich da ein bißchen aufzufrischen! Auch gute Luft dort, wie? Natürlich doch, muß ja sein. Malaria ist ausgerottet oder war nie da. Schlangen keine, Tiger auch nicht! Sterblichkeit sehr heruntergesetzt, sterben alle im Patriarchenalter, sanft, in weißen Laken. Gute Verwaltung, blühende Gemeinden! Und vor allen Dingen kein Geld! Haha, Sie Schlauberger! Aber, was ist das eigentlich: haben diese Leute dort oben an der Decke eigentlich freien Willen, oder sind sie sanft, ergeben und lenkbar wie Schafe?«
»Doch, sie haben freien Willen, mehr als wir hier hinter diesen Gittern allüberall und mehr als die stumpfen Untertanen unter ihren Ausbeutern!«
»Aber Ihre Insulaner kommen doch wohl selten in die Lage, ihn zu brauchen, wie? Wenn die einmal sagen: es muß etwas geschehen, nicht wahr, dann tun sie auch so einen Sprung und noch einen, und ihre Welt ist genau wie zuvor: wohltemperiert und in Ordnung, aber der Sprung war trotzdem eine Genugtuung, wie«?
Der Alte lachte vor sich hin, doch Padre Consalves hob ärgerlich das Kinn: »Sie scherzen so ins Allgemeine, das ist immer leicht. Was mich anbetrifft: ich nehme meinen freien Willen, den ich auf dem Altare geopfert habe, zurück.«

»Also kommen wir zum Besonderen« – Padre Damiano stieß wie ein Stier mit dem Kopf vor –, »sehen Sie, da haben Sie's ja: was man noch zurücknehmen kann, ist noch vorhanden, noch nicht verbrannt, wie Sie so schön sagen, auf dem Opferfeuer des Altares. Nein, wer hat Ihnen solche Vorstellungen beigebracht? Ich bestimmt nicht. Hören Sie: Gott ist wie eine kluge Frau; wenn ihr Liebhaber auch schwört und beteuert: hier, nimm hin meinen Willen, meine ganze Freiheit – er denkt gar nicht dran, sowenig die liebende Frau daran denkt, wenn sie ein bißchen von der göttlichen Weisheit in sich hat. Nehmen Sie also die Blankovollmacht, die Ihnen Gott ausgestellt hat, ich meine Ihre Freiheit des Handelns, nehmen Sie das himmlische Aktienstück zurück, es gehört Ihnen! Aber vergessen Sie nicht, das Kapital dahinter, das sind Sie selber. Sie verfügen, mit göttlicher Genehmigung, über sich und alles, was Sie sind und haben. Das ist wohl ein dickes und auch drückendes Scheckbuch, was Sie da bei sich tragen. Nur bin ich jetzt gespannt, an wen Sie die einzelnen Blätter ausstellen werden, wo Sie Ihre Freiheit Stück für Stück abgeben. Sie werden sehen, das Buch wird zusehends dünner. Sie sind, Gott sei Dank, nicht geizig! Aber passen Sie auf: den letzten Scheck im Buch – es nimmt ein Ende –, den stellen Sie auf die Liebe aus, in irgendeiner Form auf die Liebe, auf etwas, was nicht Sie sind – sondern das Sie braucht.«

Damit hatte sich der Alte erhoben, war vor ihn hingetreten, hatte ihm das Zeichen des Kreuzes auf

die Stirn gemacht und dabei geflüstert: »Gott ist gnädig! Und im Karmel sollen Sie sterben!«
Das waren die letzten Worte des seltsamen Alten, der wegen der Bilder und Vergleiche aus dem Bank- und Wirtschaftsleben von besonders eifrigen Mönchen häufig getadelt wurde. Manche zweifelten sogar an seiner Rechtgläubigkeit. Padre Damiano erzählte zum Beispiel gerne Legenden, die jeder seiner Zuhörer unbedingt für christlichen Ursprungs hielt, ja, für eine Kristallisation christlichen Geistes, und dann konnte der Alte hinterher geradezu schadenfroh lachen, wenn er ihnen seine Quelle vor die Augen hielt: einen Taoisten, Buddhisten, Mohammedaner – und seine immer wiederkehrende Schlußbemerkung war: »Alles ist euer, ihr aber seid Gottes!«
Padre Damiano war damals schon über sechzig, und vielleicht hat er den schrecklichen Tag der Heimsuchung – so werden sich die Mönche später einmal ausdrücken – nicht mehr erlebt.
Paco ließ seine Gedanken durch alle Räume des Klosters und der eigenen Vergangenheit in diesen Mauern hinhuschen. Sooft aber der gleichmäßige Schritt der Wache an seiner Zellentür vorübertappte, erstarrte sein Erinnern, und die Schritte gingen pochend durch seine Seele. Gefährlich hallte in diesem Schweigen der Schritt des Ahnungslosen, der sich nicht träumte, daß hier ein Mann auf der Pritsche lag, der immer ernstlicher erwog, ob dieses Messer im Zustoßen eine Berechtigung habe oder nicht.

Pacos Überlegungsweise war kein kasuistisches Abwägen, das die Moraltheologie zu Rate zog. Er lauschte vielmehr in sich hinein. In ihm war der Knabe Paco, der Jüngling, der Mönch, der Matrose – der allerdings nie eine Messerstecherei gehabt hatte! –, war der Soldat, der Kamerad. Ein ganzer Kreis von Pacos, der Kriegsrat hielt. Der Gefangene reichte das Messer fragend und auffordernd ihnen hin, aber einer gab es dem andern weiter, und jeder schwieg. Selbst der Soldat sagte nichts, er zuckte nur die Schulter, und schließlich sagte er: nein, ich nicht! Ich bin müde – ich kann ja auch mal verschnaufen! Doch da erhob sich zu aller Verwunderung der Mönch –, der Theologe –, und der sagte: in einem Falle ist es notwendig, und dann tue ich es selber, auf meine Verantwortung – in einem Fall! Mir gefallen die Maschinengewehre nicht, die da in den Gang gerichtet sind. Der Leutnant hat Angst. Was tut er, wenn die Seinen sich zurückziehen und die Stadt geräumt werden muß? Das kennt man ja zur Genüge! Auch wenn er nicht auf so gespenstige Weise einen Mörder im Rücken spürte, er hat dann einfach einen Befehl auszuführen... Er läßt die Gefangenen aus der Zelle treten, sagt, daß man nach X oder Y fährt, läßt die Leute sich in Bewegung setzen, und wenn sie gerade die Treppe hinuntergehen, beginnt so schön von hinten und von der Seite das Maschinengewehr zu schnattern – oder unten im Binnenhof. Man wird zweihundert Soldaten dem Feind nicht zurücklassen. – Gegen das Verbrechen sich zu wehren ist

erlaubt; das Leben der anderen zu verteidigen ist sogar eine sittliche Forderung. Und somit, wenn dieser Fall sich als gegeben herausstellt – der Theologe Paco sieht sehr entschlossen aus, während der Paco auf der Pritsche sich seufzend hin- und herwälzt.
Dieser formalistische Hund will also beichten, hat Angst vor der Hölle. Paco schüttelt den Kopf: er hat seit zwanzig Jahren nicht mehr gebeichtet und spürt noch immer kein Bedürfnis danach. Und dieser Kerl, nachdem er, weiß der Teufel was, mit den armen Nonnen angestellt, hat plötzlich – man kann nicht sagen: die Hose – aber doch sein Gewissen voll und hält sich nun ausgerechnet an ihn, der von dieser Art Rechtsprechung eine so ganz von seinem Beichtkind abweichende Meinung hat. Paco reibt sich die Stirn, als müßte er sich aus einem verrückten Traume wecken. Zwanzig Jahre hatte man sich darin sozusagen geübt, jede Art von Zuspitzung, auf welchem Gebiete auch immer, zu vermeiden. Selbst im Felde der weit vor den Toren der Tat sich abspielenden Diskussion hatte er sich angewöhnt, das Entweder-Oder mit seinem ihm wesenseigen gewordenen Lächeln zu vermeiden. Sogar diesen Krieg gegen die eigenen Städte und Mitbürger hatte er deshalb in einem schrecklichen Staunen mitgemacht, und ein Ja oder Nein ging, solange er Soldat war, nicht über ein Stellungnehmen zu alltäglichen Dingen hinaus, alles übrige wurde einfach stumm und zäh getan: man werkte im Joch.

Wirklich, guter Padre Damiano, das Scheckbuch – oh –, vielleicht war wirklich nur noch ein einziges Blatt drinnen, und das sollte man nun auf die Liebe ausstellen. Liebe – das ist auch so ein gewürfeltes Wort, wie's fällt, so liegt's. Oder wär's etwa keine Liebe, an die Zweihundert zu denken, die hier vielleicht... Mit einem Ruck sitzt er aufrecht auf der Pritsche und lauscht: das kommt ja immer näher, oder ist es die Stille der Nacht, welche die Stimmen der Kanonen deutlicher trägt. Er greift hastig und gewohnheitsgemäß in die Tasche und ist dabei über sich selber verwundert; denn er wußte es ganz genau, daß er da vergeblich seit Tagen nach einer Zigarette suchte, aber immer wieder dieser Griff, immer diese Sekunde törichter Hoffnung, es stecke vielleicht doch eine zerquetscht in einer Falte. Außerdem, er hatte ja auch keine Streichhölzer. Langsam erhob er sich von der Pritsche und trat an das Pult. In der nun schon dichten Dämmerung suchte er nach irgend etwas, seine Hände wollten eine planmäßige Beschäftigung haben, da fand er in der Schublade ein Päckchen, er roch daran: Schnupftabak, eine vorzügliche Qualität, gewiß vom Schloß! Er nahm eine Prise und steckte das Stanniolpäckchen in die Tasche. Dankeschön, Padre Julio – du bist andauernd nett und hilfsbereit. Nur schade, daß du nicht Zigaretten rauchtest. Er kramt in der mittleren Schublade: Hefte, Schreibzeug, eine Fliegenklatsche, Briefpapier, Siegellack, man brauchte gar nicht hinzuschauen.

Er beginnt auf dem Pultdeckel leise zu trommeln,

als wär's ein Tamburin. Zwischendurch niest er einmal dröhnend. Das Messer! denkt er immer wieder. Seine Gedanken suchen sich einen aufregenden Gegenstand, hätte er eine Zigarette, ließe ihn das Messer vielleicht in Ruhe. Er geht an die Tür und lauscht, und da der Schritt des Wachhabenden soeben vorbeitappt, klopft er: man möge ihn zum Teniente Don Pedro führen, das klingt fast wie ein Befehl, wenn er auch dabei lächelt. Es ist nicht der Sergeant, sondern einer der beiden Soldaten. Der Mann geht den Sergeanten fragen, Paco hört ihre Stimmen am Ende des Ganges.

Mein Gott, denkt er, ich kann dem Leutnant doch nicht sagen, daß ich wegen einer Zigarette zu ihm komme. Und da er noch eine Prise nimmt, fällt ihm ein, daß er, der Padre Consalves, den Schnupftabak den Mönchen am liebsten verboten hätte. Er schüttelt den Kopf: ist man nun ein Stück weitergekommen? Ein wunderliches Laster, dieses Rauchen! Überhaupt die Abhängigkeit von irgend etwas. Jedoch, der Teniente wird sich freuen, er wird ihm das Etui hinlegen wie eine Bestechung, sein Beichtkind wird ihn sanft stimmen wollen. Verrückte Welt, und da sagt man, daß die Sterne es sind, welche die Menschen zusammenführten. Die Zigarette oder das Messer! Aber dies Messer ist nichts als eine Wichtigtuerei vor sich selber, Nervosität, die nach einem Gegenstand sucht, was sonst? Die Zigarette wird beruhigen, und dann lächelt man über seinen eigenen Mut, kleinlaut und zufrieden. Er hat in seinem Leben noch kein atmendes Wesen, nicht einmal ein Huhn oder Kaninchen mit dem Messer erlegt, er durchforscht sich geradezu neugierig nach einer solchen blutigen Begebenheit, während er neben dem Soldaten den Gang entlangschreitet.

Einige blau abgeblendete Kerzenstümpfchen standen auf den Fliesen, die Fenster des Ganges führten auf den Innenhof, waren aber trotzdem noch mit Säcken verhangen. Ihrer beider Schatten bogen sich an der gewölbten Decke hin, als geschähe ihnen Gewalt, aber das nächste Licht am Boden hob den Schatten des vorigen auf und warf den neuen Schatten wie mit einem unhörbaren Kommandowort in die neue Richtung. Paco betrachtete dies Schattenspiel, sein Begleiter ging im gleichen Schritt mit, und sein Schatten wurde auf dieselbe Weise gekrümmt, aufgeschluckt und in eine andere Richtung geworfen. Paco empfand – vielleicht weil ihre Schatten dasselbe erlitten! – etwas wie Verbundenheit mit dem düster aussehenden älteren Mann, und so fragte er ihn: »Aus Kastilien?« Der andere blickte ihn kurz an, als wollte er diese Vertraulichkeit in die Schranken weisen, nickte aber endlich doch. »Man sieht's – Paco lächelte –, »Sie haben gewiß Frau und Kinder?«

»Kinder, ja!« Der Soldat sagte das leise und mit einer gewissen Vorsicht, etwa als rührte seine Antwort an ein militärisches Geheimnis.

Sie waren an der Tür zur Bibliothek angekommen, und da sagte Paco – sein Mund kam dem behaarten Ohr des brummigen Mannes sehr nahe; es war etwas Lichtes, das ihn so, nicht anders wie die Kerzen vorhin seinen Schatten, zu dem Manne hinbog –: »Gott ist gnädig!« Der andere blieb wie angewurzelt stehen. Endlich kam aus der knolligen Nase des Mannes ein kurzes Blasen, doch dieser Laut, der wie eine Ablehnung klang, war von einem rauhen Brustton gefolgt, und darin lag etwas Hinnehmendes, Gedankenvolles; dann öffnete der Soldat die Tür.

Die inneren Fensterläden der Bibliothek waren geschlossen, auf dem riesigen Büchertisch stand eine blau abgeblendete Petroleumlampe, dicht daneben glitzerte das Telephon. Im Lichtschein lag ein Buch, und darüber saß Leutnant Pedro gebeugt, seine nun bläulich weiße Hand trommelte fast vergnügt auf den Tisch, als läse er etwas höchst Amüsantes. Er blickte nicht auf, als die beiden eintraten, sondern las eilig weiter; dann aber, auf das Buch klopfend, im Ausdruck höchster Übereinstimmung mit dem Gelesenen, sprang er auf, schob den Sessel mit einem Ruck zurück und kam auf Paco zu, mit kurzen, eifrigen Schritten, und dabei rief er: »Es genügt die unvollkommene Reue, die pure Angst vor der Hölle also, um gültig losgesprochen zu werden, das wär' ja auch noch schöner. Wie sollte ich in meiner Verfassung...« Paco schaute den so Sprechenden an und ließ seinen Blick fragend in die Nachbarschaft der Tür wandern, wo noch immer der Soldat stand, unschlüssig, ob er gehen sollte, und zugleich in fassungsloser Neugier seinen Vorgesetzten anstarrend. »Scher dich zum Teufel, Kerl«, fuhr ihn Leutnant

Pedro an wie ein zuschnappender Hund. Der Soldat zog das Gesäß ein, wandte sich und ging dann langsam und steifnackig hinaus.
Paco murmelte, als spräche er zu sich selbst, und es schwang jenes Lächeln in seiner Stimme, das alle Bestimmtheit auflöste: »Vielleicht wollte auch er beichten, wer weiß, man müßte einmal fragen, hm?«
Leutnant Pedro warf im Vorbeigehen Paco einen schüchternen Blick zu, er zuckte die Schultern, drehte sich aber sofort auf dem Absatz um und zeigte unter seinem Schnurrbärtchen die Zähne, er schien beinahe vergnügt: »Gott gibt jedem Menschen hinlängliche Gnade, um selig zu werden. Das fand ich ebenfalls in diesem ausgezeichneten Schmöker.«
Er wies auf das Buch. Paco trat näher, stemmte die Hand auf den Tisch, er mußte sich dabei etwas bükken, und den Zigarettenstummel auf dem Tintenfaßständer betrachtend, sagte er, sehr zerstreut und nervös: »Ja, die Theologen haben nichts ausgelassen, ihre Rechtfertigung Gottes ist wahrhaft umfassend, sie verteidigen Gott, als stände er vor Gericht und nicht der Mensch! Aber haben Sie vielleicht eine Zigarette, Señor Teniente?« Der Leutnant fuhr hastig in die Tasche, doch als er das Etui öffnete, schien ihm etwas einzufallen; er nahm sich eine Zigarette, schloß den silbernen Behälter und ließ ihn langsam in die rechte Hosentasche gleiten, und ebenso langsam entzündete er sich seine Zigarette. Und den Rauch gegen den Reglosen in die Höhe blasend, grinste er schlau: »Nicht daß Sie meinen, ich sei von der Sorte, – ich teile die letzte Zigarette mit – oh, mit jedem!

Aber – das Himmelreich leidet Gewalt, und nur die Gewaltanwendenden reißen es an sich, auch das las ich. So bin ich denn gewaltsam, auf eine schäbige Weise, ich bin mir dessen bewußt. Hören Sie also, Sie sollen sofort rauchen, soviel Sie wollen, aber zuvor muß ich Sie bitten, meine Beichte anzuhören. Ich habe nämlich immer noch das unbestimmte Gefühl, als wollten Sie sich bitten lassen – oder als wollten Sie überhaupt nicht, vielleicht weil ich zur Gegenseite gehöre?«

Pacos Gesicht war zu Stein geworden, er sagte rauh: »Es gab einmal einen, der wollte den Aposteln ihre Kraft um Goldeswert abkaufen, Sie wollen's mit einer Zigarette. Simon wurde verflucht, Sie machen sich lächerlich, Señor Teniente!«

Pacos Tonfall verlor damit aber schon wieder alles Feierliche, er sagte schlicht: »Es tut mir übrigens gut, daß ich von der Beichte eine so geringe Meinung habe, zumal von der Ihren! Ich könnte auf den Tausch eingehen: eine Beichte für eine Zigarette. Wenn Sie mir die Zigarette auf eine nette Weise gäben, gälte sie mir, und ich glaube sogar Gott, mehr als so eine Beichte, die Sie aus lauter Bammel vor Tod und Hölle ablegen.« Und nun lächelte Paco und sagte: »Seien Sie doch ein Mensch – ich sage nicht einmal: ein Christ –, und geben Sie mir eine Zigarette, ohne jede Bedingung! Sehen Sie, meine Finger zittern, ich bin sehr aufgeregt...«

Paco hielt seine lange, hagere Hand hin und sah, wie der Leutnant, ohne sich zu rühren, sie anblickte; er sah nur den krollhaarigen, so ins Anschauen der

Hand hingedrehten Kopf, der sich endlich langsam aufwärts hob: das Gesicht des Leutnants wirkte im flauen Licht der Lampe noch käsiger. »Warum denn – wirklich, Sie zittern!« Die Stimme des Leutnants versuchte erstaunt zu klingen, er fuhr leise fort: »Haben auch Sie etwa Angst vor…, ich weiß nicht – diese verfluchten Mauern scheinen die Angst abzusondern wie andere Salpeter. Vielleicht rächen sich die Mönche auf diese Weise. Sagen Sie doch –, haben Sie Angst – vor irgend etwas, Ihre Hand zittert richtig, Todesahnungen wie ich? Oder…?«

»Oh!« Paco zog seine Hand jetzt zurück, betrachtete sie von innen eine Weile und fuhr mit dem Finger der anderen die Lebenslinie nach: »Eine Zigeunerin, ja – das fällt mir jetzt wieder ein, die sagte mir kürzlich, ich müsse demnächst sterben. Hat's nicht schwer gehabt mit ihrer Prophezeiung, nicht wahr? Schwerer hatte es der Padre Damiano – ja, auch das fällt mir jetzt wieder ein!« Er schwieg, in seine Hand schauend.

»Padre Damiano?« Der Leutnant blätterte in dem Buch, das vor ihm lag, und schlug die Titelseite auf. »Ja – richtig, Damiano – was sagte der denn, ein ganz kluger Bursche!«

»Oh, was der sagte? Ja, wahrhaftig, das ist sein ›Handbuch für Beichtväter‹ – Gott, es war doch gestern, daß ich wie Sie – und doch ganz anders! – vor diesem Buche saß.«

»Aber, was sagte er denn? Dieser Padre Damiano gefällt mir nämlich. Er hat Ihnen etwas prophezeit?«

»Ja...« Paco starrte jetzt in die Ferne, durch die Bücherwand hindurch, in die Nacht, über die Ebene hin: Heuerbüros, Häfen, Schenken, Schiffe, Brotherren, Dirnen, Einöde des Meeres, Ankerspill, Zinkeimer, indische Heizer, Kohlen, Eßnäpfe, weiße Minarette – auf der dumpfgrünen, kaum bewegten Oberfläche seiner Seele tauchten wie kleine weiße Wellen in der unendlichen Einöde des lebendigen Wassers einzelne Bilder auf, kräuselten kurz dahin und vergingen. Er hört den Lotsenruf aus dem Dunkel unten im kleinen Boot, er sieht die Küste auftauchen und wieder forttreiben, er wringt sein Hemd aus: Schaum, viel Schaum flockt auf die Schiffsplanken; und die Zigeunerin sagte – Padre Damiano prophezeite; und vor seinen weitgeöffneten Augen kreiste das Vergangene wie Funken und Sterne, alles hatte sich in Zeichen verwandelt, war eine unenträtselbare Schrift geworden, die sein Leben silbenweise, ohne eine Stunde auszulassen, gesammelt hatte; und nun er angstvoll gelehrig und voll Begierde diese schon von Ferne erbleichten Zeichen entziffern wollte, da spürte er: es wird mir nicht gelingen, ich habe alles verlernt, sogar das ABC, in welchem mein Leben abgefaßt ist. Wie eine altertümliche, aus dem Gebrauch geratene Schrift blicken mich die Zeichen an, in denen ich mich selber so selbstverständlich niederschrieb. Ich bin darin, und es gehört mir nicht mehr: meine Vergangenheit ist mir fremd geworden, alles ist fertig, und ich komme nicht mehr hinein. Oh, wie arm kann ein Mensch doch werden! Etwas wie Sehnsucht nach ihm selber überkommt ihn, aber er schüttelt ergeben den Kopf. Padre Damiano sagte doch immer: alles ist euer? – Nun wohl, alles, aber nicht mehr das eigene, das Besondere, oder kommt es auf einem Umweg zurück? Denn ja: ihr aber seid Gottes!

»Denn er sagte ja auch: Gott ist gnädig! Ja – und: Im Karmel werden Sie sterben.«

Paco hatte Padre Damianos Worte, wie aus tiefem Traume sprechend, laut und vernehmlich gesagt, und davon schien er zu erwachen. Er merkte gar nicht, wie die Hand des Leutnants, der seine Zigarette auf dem Tintenfaßständer hatte zu Asche brennen lassen, behutsam in die Tasche fuhr, und das Etui leise auf den Tisch legte. Erst als das Feuerzeug aufschnackte, kam Paco aus der Ferne zurück, er sah das silberne Etui mit den weißen Stäbchen, nahm mit ruhigem Zugreifen eines und sagte: »Ja, Gott ist – ich danke Ihnen.«

Der Leutnant hielt ihm das Feuerzeug hin, er beobachtete mitleidig das Gesicht des gierig den Rauch einziehenden Mannes, blickte noch einen Augenblick in die bläuliche Flamme, bis er mit einem scharfen Zuschnappen des Daumens sie auslöschte. »Dieser verdammte Krieg!« stieß er hervor, »aber«, begann er mit ganz anderer Stimme, er hob wieder auf seine kühl beobachtende Weise den Kopf, »wenn Sie Padre Damianos Prophezeiungen so wichtig nehmen – und das – das ist pietätvoll von Ihnen –, wie kommen Sie dann dazu, seiner hohen Meinung über die Beichte so wenig beizupflichten?«

Paco zog seinen Stuhl herbei und setzte sich. Der

Leutnant entschuldigte seine Unhöflichkeit, so sagte er, mit den verrückten Umständen und blickte den Sitzenden aufs neue fragend an. »Mein guter Don Pedro, Sie werden einmal Jurist, wenn Sie –, nun ja –, wenn Sie hier herauskommen, ich meine aus diesem, wie Sie sagen, verdammten Krieg, und Sie würden ein guter Untersuchungsrichter werden. Wahrscheinlich jedoch kommt's anders – Sie werden nicht herauskommen...« Paco schwieg und starrte den Leutnant mit verlorenen und abwesenden Augen an, die Nacht war wie von tiefen, kurz angezupften Harfensaiten erfüllt. Die unsichtbaren Fensterscheiben zirpten und surrten, als wären die inneren Läden Türen zu großen Insektarienschränken. Die Hitze und der Staub in der abgeschlossenen Bibliothek wurden – ein Lastwagen polterte durch die Straße – wie in einer dunkelblauen Flasche geschüttelt.

Leutnant Pedro wischte sich den Schweiß. »Das ist es ja«, sagte er nüchtern, »ich habe auch diese lausige Ahnung – und eben deshalb laufe ich ja auf diese schamlose Weise hinter Ihnen her, und dann erklären Sie mir, daß Sie von der Beichte nichts halten. Padre Damiano dagegen...«

Paco fuhr mit der Hand ablehnend durch die Luft: »Padre Damiano wollte helfen, weiter nichts.« Er ließ die Hand mit der Zigarette achtlos auf das Bein fallen: wenn man so entschieden sein könnte wie dieser herrliche Alte, dachte er und sah Padre Damiano, es war vor mehr als zwanzig Jahren, in dieser Bibliothek vor sich stehen, dasselbe Buch, nicht dasselbe Exemplar, in der Hand. Und der dicke Mann hatte schnaufend gesagt: »Sie brauchen's ja nicht gerade zu predigen oder den Beichtkindern zu sagen, aber die alte Kirche kannte das Beichten in unserer Form nicht. Man schloß die Ehebrecher, Mörder und Renegaten aus der Kirche aus, fertig! Das war die Kirche der Heiligen! Wir sind eine Kirche der Sünder geworden. Ohne die Beichte wäre die Kirche wie eine Stadt ohne Feuerwehr. Nötigen Sie niemanden zur Beichte, wer aber von selber kommt, nun, bei dem brennt's; und wenn Sie merken, daß es nicht brennt, jagen Sie die Person zum Kuckuck, doch geben Sie acht: es kann auch ein verzehrendes, heiliges Feuer nach der Vollkommenheit der Beichte bedürfen, dann haben Sie nur Asche zu hieven, Sie verstehen?«

Das war Padre Damianos Sprache, nach Jahrzehnten stand das alles noch klar und eindringlich vor einem, seine Bilder und Vergleiche waren alles andere als poetisch im Sinne blumiger Anmut, wie Padre Julio sie liebte – solche Bilder verwelken schnell; sie waren – oh, wie dies Messer unter der Hand in der Hosentasche: kantig und zum Handeln entschieden. »Wir sind die Vorsehung der anderen«, pflegte er gern zu sagen, aber jedesmal mit einem Ausdruck von Furchtsamkeit im Gesicht, und er seufzte hinterher: »Ja, und wer an Wunder glaubt, der kann keins mehr wirken. Schlimm, schlimm, Brüderchen, die Sache mit der Vorsehung, aber die Liebe ist uns ja noch geblieben, und damit müssen wir wohl auskommen!«

»Woran denken Sie eigentlich?« fragte der Leutnant, »Sie sind so seltsam!«
Paco fuhr zusammen und blickte sein Gegenüber scharf an: »Ich denke an einen Toten, an Padre Damiano!« Paco hatte noch immer seine Augen durchdringend auf Don Pedro gerichtet, der aufmerksam den Kopf hob:
»Sie meinen?«
Paco nickte. »Er war sehr dick, triefäugig, hatte ein richtiges Bulldoggengesicht – ah so!« Paco rückte ein wenig mit dem Stuhl ab, seine Augen waren nun messerscharf auf den Leutnant gerichtet.
Die untersetzte Gestalt des jungen Offiziers hatte sich, als dächte er nach, von dem Fragenden abgedreht; schließlich hob er den Oberkörper, ergriff das Buch, machte es langsam zu und schlug es leise auf den Tisch. Er schwieg eine Weile, hielt den Kopf zwischen den Schultern eingezogen, dann nickte er, seine Stimme war voll von einer unheimlichen Exaktheit: »Ich habe die Säuberung des Klosters geleitet, ich habe kein einziges Mal geschossen, ich hatte nicht einmal den Revolver in der Hand; aber wenn Sie von einem kleinen, dicken Mann mit Triefaugen und Bulldoggengesicht reden, so habe ich den persönlich – mit diesen Händen über das Treppengeländer hinabgeworfen. – Er war der einzige, der seine Zelle verlassen hatte, er kam uns entgegen...«
Paco nickte, ins Leere blickend, er lächelte: »Das war er – ich sehe ihn deutlich vor mir – er schimpfte euch aus, wie?«
Der Leutnant bejahte eifrig mit dem Kopf: »Er

kam dicht auf mich zu, ich war der erste, ich stand gerade an der Treppenbrüstung. Als er mich sah, rief er: ›Na, Sie kleiner Heliotrop...‹«

»Heliodor!« verbesserte Paco, »er meinte den Tempelschänder.«

»Ach so!« Leutnant Pedro schluckte und nickte verständig, »und so kam er auf mich zu. Ich war von diesem Gang, diesem Blick und dem selbstverständlichen Zupacken seiner Hand, genau wie meine Leute, derartig verdonnert, daß ich erst zu mir kam, als ich in meinem linken Ohr ein fürchterliches Sausen spürte. Er hatte mir eine Ohrfeige versetzt, die schlimmste in meinem Leben!«

»Und er muß über achtzig gewesen sein«, murmelte Paco voll Anerkennung und Wehmut.

»Ja, und dann rief er noch ein paar Worte, ich hörte nicht mehr genau, was er sagte, ich hatte ihn schon gepackt und über die Schulter nach hinten geworfen, übers Geländer!«

»Sie müssen sehr stark sein«, sagte Paco jetzt leise und betrachtete auf eine seltsam genaue Weise den Körper des jungen Offiziers, »doch sind Sie ein Biest, Señor«, fügte er ebenso leise hinzu, »Sie sind der Mörder des gütigsten Menschen, den ich je kannte!«

Don Pedro ergriff wieder das Buch, schüttelte den Kopf und sagte entgegenkommend: »Sie haben recht! Was sollte ich aber tun in diesem Fall! Ich war wütend und überdies: ich kam meinen Befehlen nach. Und ein Befehl...« Genau bei diesem Worte setzte das Telephon mit seinem Wecken ein, die beiden zuckten zusammen. Der Leutnant warf mit zusammengezogenen Brauen einen Blick auf den Apparat, es sah aus, als fürchtete er, das Telephon könnte eine Höllenmaschine sein. Er sprang auf, lief zur Tür, rief die Wache, und zu Paco sagte er hastig: »Gehen Sie bitte einen Moment auf Ihre Zelle, ich lasse Sie rufen!«

Es war derselbe mürrische, ältere Soldat. Sie trabten wieder in gleichem Schritt durch den Gang, und wieder beugten sich ihre Schatten am Gewölbe, verflochten sich, verschmolzen, verschwanden und entstanden beim Passieren der nächsten Kerze aufs neue. Plötzlich zuckte beider Schatten aus dem Gewölbe zurück und wurde klein an die der Kerze gegenüberliegende Wand geworfen, es dauerte nur einen Augenblick. Beide hatten eine Art Kniebeuge ausgeführt und zwar, als dem insektisch gierigen Jaulen eines jäh niedersausenden Flugzeugs, das bis zu diesem Augenblick nur ein gleichmäßiges Surren gewesen war, ihrem Ohr schon allzu bekannt, ein Schlag folgte, ein Bersten und Beben, das die schweren Konventmauern aufhüpfen ließ. Dann folgten einige Einschläge, dumpfe Regentropfen aus Eisen, doch schon ferner hinfallend – und wieder war nur das Surren zu hören, ein fernes Stechmückengebrumm, um das sie sich nicht mehr bekümmerten. Jetzt erst belferte es, aber in ziemlichem Abstand, von kleinen Abwehrgeschützen, dann mischte sich das wie Trompetenstöße die Luft erschütternde hohle Fauchen der Abwehr darein.

Paco lauschte aufmerksam: es waren wenig Geschütze, und sie mußten außerhalb der Stadt im Osten stehen; denn sie begannen erst, als die Maschinen ihre Bomben auf die Stadt abgeworfen hatten. Bedeutete das Rückzug? Vielleicht erhielt der Leutnant soeben seine Befehle.

Die Gefangenen in der Zelle verhielten sich ruhig, man hörte hinter manchen Türen Geflüster, eine rauhe Stimme lachte irgendwo kratzend los; dann standen die Mauern des Konvents in ihrer altersgrauen Frömmigkeit da, schwer und still.

An der Zellentür blieb der Soldat unbeweglich stehen, er flüsterte, über den dämmrigen Gang nach beiden Seiten spähend: »Sind Sie Priester?«

Paco nickte. »Segnen Sie mich, Padre!«

»Wollen Sie beichten?«

Der Soldat schüttelte ruhig den Kopf: »Nein, ich habe nichts getan, ich habe die Nonnen nur schreien gehört … Ich habe mir die Ohren zugehalten, die Nacht war lang. Ich dachte an meine Kinder, sechs, alle noch unmündig, auch Mädchen! Ich hätte gern Ihren Segen, Padre!« Er flüsterte und schöpfte zwischendurch ein paarmal Atem.

Paco berührte seine Stirn mit dem Daumen und bekreuzigte ihn. »Gott ist gnädig!« Der Soldat nickte und wandte sich mit einem trotzigen Ruck, fuhr aber ebensoschnell, sich erinnernd, wieder herum und wartete, den Riegel in der Hand. Paco sagte in einer jähen Heiterkeit: »Nicht, daß du denkst, Freund, die Mönche hätten Riegel an den Türen! Die habt ihr dran gemacht.«

Der Soldat flüsterte ebenso heiter, doch rauher:

»Und morgen sperrst du mich hier ein, Padre, nur die Flöhe da drinnen bleiben dieselben, die Flöhe!« Kaum daß Paco auf der Pritsche saß, mußte er auf einmal an sie denken – an die Flöhe, ja, wie hatte diese Wiederholung so seltsam geklungen aus dem Mund des einsilbigen Mannes. Sie hatten ihn schon den ganzen Tag gequält, aber man hatte nicht an sie gedacht. Derweil er sich wütend kratzte, mußte er laut in die Dunkelheit lachen: auf diese Weise hatte also der Alte das letzte Blatt in seinem Scheckbuch ausgefüllt, mit einer Ohrfeige – sie kann aus dem innersten Zentrum der Liebe kommen, so eine richtige, sausende Ohrfeige! O ja, das Himmelreich leidet Gewalt, muskelstarker Don Pedro! Aber was nutzt es schon, du schaust ja nur in den Brunnen, wenn du Durst hast. Als ob Gott nur für dich allein da wäre und nur, um dir deine bösen Träume aufzubessern und dich vor einem andern, viel schlimmeren Traum zu bewahren, wenn du tot bist. Gott gibt jedem hinreichende Gnade! Da hast du wohl recht, wenn du nur wüßtest, was gerade die Gnade ist, die dir Gott so hinreichend gewährt. Für jeden ist sie etwas anderes, wollen sehen! Und Pacos Hand auf dem rechten Bein fühlte sich in ihrem schlaffen Daliegen angenehm hart und entschieden gebettet. Gnade auf des Messers Spitze, Gnade für uns alle! Nicht nur für dich, heilsbeflissener Don Pedro, du bist stark, sehr stark sogar, Padre Damiano wog gewiß zwei Zentner, und seine Prophezeiung wiegt auch etwas, sehr viel sogar! Welch ein Gauner, wie fein er darauf einging, mich sozusagen auf meinen Tod vorbereitete, mit einer Zigarette, wirklich! – Gab mir eine Zigarette, stellte mir das Etui hin, eine Art Henkersmahl! Verdammter Krieg, jawohl! Ich nehme Padre Damianos Prophezeiung gewichtig – oh, gar nicht aus Pietät, wie du glaubst, du Schlaukopf: ich merke etwas – merke mancherlei.

Die Mauern des Konvents hatten eine Weile in schwerer Stille verharrt, ähnlich einem Schläfer, welcher zwischen Ein- und Ausatmen wie tot daliegt. Aber dann, aus einem leichten Schwirren in der Luft, das zuerst wieder verging, wurde ein Summen, wovon der Raum der Stille linienhaft und immer dichter durchwirkt wurde, bis ein jähes Jaulen, als stürzten Geister des Himmels heulend auf hölzernen Treppen zur Erde herab, alles Summen verschlang und das berstende, klobige Getöse nun auch das Jaulen zerpaukte: der Erdball bebte wie eine Trommel.

Paco fuhr aus seinem Sinnen mit einem zornigen Keuchen auf und duckte sich, als wäre er auf freiem Feld, sein Körper war ihm mit dieser Bewegung zuvorgekommen. Dann saß er ruhig da, er hatte die Vorstellung, als ob seine Hände nicht nur die eigene Hirnschale, sondern auch die grauen Konventmauern, ja die ganze Stadt umschlossen hielten. Und es war ihm, als wären diese Hände nicht aus verletzlichem Fleisch und Knochen, sondern aus etwas Unzerstörbarem gemacht, und zugleich spürte er ein Mitleid mit seinem Leib, mit dem pochenden Blut in den Schläfen, doch wie mit Dingen, die eigentlich gar nichts mehr mit seiner Person zu tun hatten: die Steine des Klosters, die Häuser der Stadt, die Zypressen, Wacholdersträuche und Kastanien – alles war ihm gleich nah, lag unter seiner Hirnschale, war ganz in ihm drin. So hielt er seine Hände darüber und lauschte den Einschlägen, zählte, schätzte die Entfernung der Abwehrkanonen, ihre Zahl, ihre Stellung... Ja, sie standen – das war ja nun ganz sicher! – bereits im Osten. Schließlich spürte er wieder die Flöhe, und er ließ sie, ohne sich zu wehren. Manchmal flüsterte er nur leise und gedankenlos: »Dios mio!« Seine Stimme klang wie die eines Gegenstandes: eines fernen, ratternden Autos, eines klirrenden Fensters, eines in seinem Innersten erschütterten und aufseufzenden Holzgestelles; denn was er da murmelte, kam als ein einsamer und armer Klang aus ihm, ohne das geringste Echo in seinem eigenen Bewußtsein zu finden. Seine Gedanken weilten ganz anderswo, irrten vielmehr, ohne zu verweilen, und so war er wieder bei den Flöhen angelangt.

Die Karmeliterin Theresa organisierte eine Bittprozession gegen die Flohplage in ihrem Kloster! Diese Heilige war eine konsequente Frau. Damals gab es wahrscheinlich noch kein Insektenpulver, oder die Nonnen kannten es zumindest nicht. Da mußte Gott persönlich helfen. Warum auch nicht! Wer des Glaubens ist, den Himmel mit Bitten bewegen zu können, mag ruhig so wie um Großes um Kleinigkeiten anhalten. Außerdem: Flöhe sind keine Kleinigkeit! Dies Gejucke ist wirklich schlimmer als das innere Zusammenzucken beim Einschlag einer Bombe. Eine tolle Vorstellung: Gott vernichtet die Flöhe aus Liebe zu seinen Kindern, Gott lenkt die Bombe vom Ziele ab, weil da unter jenem Dach jemand betet – und die Bombe fällt also auf das Dach daneben, wo einer stumm sitzt, die Hände ringt und nur noch eben »in Gottes Namen« stammeln kann, eh's kracht. Jawohl, Padre Damiano, wir sind die Vorsehung der anderen ... Der Kerl da oben im Bomber meint es vielleicht sehr gut mit mir, indem er mich trifft. Überall ist Platz für gut und schlecht gezielte Bomben, aber für unsere Vorwürfe, mögen wir auf wen auch immer zielen, unsere klagenden Vorwürfe sind alle Blindgänger, sie landen nicht einmal, sie vergehen in der Luft oder fallen gar auf uns selber zurück! Halt's Maul, Paco, man kann dich nicht brauchen! Aber immerhin, wie sagte Padre Damiano: wer an Wunder glaubt, der kann keins mehr wirken! Wenn ich aber nun etwa an kein Wunder mehr glauben könnte – es ist schwer, an Wunder zu glauben!...

Ich habe alles verlernt, denkt Paco bekümmert, was mir das Leben ein bißchen leichter machen könnte. Utopia – auch eine der vielen frommen Selbstbetrügereien! – ist untergegangen, dunkel ist's droben an der Decke. Aber so ist's wahrscheinlich richtig: ehe der Vorhang aufgeht, wird's dunkel im Saal, man muß nur geradeaus schauen und die Augen aufbehalten, nicht einschlafen! –

Das Aufhören des Lärms wirkte auf sein belastetes Trommelfell wie ein neues, weckendes Geräusch:

die Stille hat eine Stimme bekommen! So ist das vielleicht, denkt Paco, wenn das Pochen in unseren Schläfen aufhört, das Pochen, Stoßen und Stampfen dieser Welt überhaupt – ah, die Stille, sie schwillt wie ein großer Tautropfen, wird immer größer, und wäre die ganze Welt ein einziger Grashalm, sie könnte diese schwellende, funkelnde Kugel nicht mehr tragen; die Stille wiegt mehr als alles, als alles in der Welt. Sie ist das Alpha und das Omega jeden Lautes und jeder Stimme. Wie ein Bett ist die Stille, denkt Paco, sie ist voll der Zeugung und voll des Heimholens im Tode und auch voll der Träume, die hinter und unter den Worten liegen – die Stille...! Und Paco beugt sich – am Ende ist sie gar das Wort Gottes selber.
Er erhebt sich und tastet zum Fenster, öffnet die Läden und zugleich richtet er sich langsam auf den Fußspitzen auf und preßt die Arme nach hinten: er atmet. Die Luft ist merklich kühler geworden, das bemerkt seine Stirn, seine Nase, sein Gaumen, sogar seine Brust, er denkt dabei: Und das Wort ist Fleisch geworden – das wäre: Die Stille bekam Stimme; und weiter: der Traum wurde Wirklichkeit! Das heißt – es riecht doch hier nach Brand –, man muß schon sagen: diese Verwirklichung eines göttlichen Traums ist alles andere als eine meßbare Größe. Er kam in sein Eigentum, und die Seinen nahmen ihn nicht auf – den Logos, das Wort! Man begreift gar nichts mehr, aber hier brennt es irgendwo, offenbar nicht im Kloster, doch weit entfernt kann's nicht sein! All diese Füße plötzlich in den

Gassen – oh, das Licht in der Finsternis! Ja, das muß man löschen! Sie haben den Mond als Fackel bei der Arbeit – oder werden sie gar nicht mehr löschen? Zum Glück geht kein Wind, und die Häuser haben wenig Holz! Paco greift spielend an das Messer: auf jeden Fall muß man zusehen, hier einen Ausweg zu finden, in jeder Hinsicht: nur einen Ausweg ... Alles, was wir unternehmen, was ist es schon mehr als ein Ausweg, der Teufel weiß, wohin!

Die Mondsichel stand unsichtbar hinter dem Klosterdach, der Himmel schwamm in einem nebeligen Licht, in welchem die Sterne wie Verdickungen, wie Knoten in einem Netz von Licht wirkten. In der Ferne sank eine Leuchtrakete langsam auf das Plateau herab; als sie unter der Horizontlinie stand, wurde ihr Leuchten auf dem dunklen Grunde heller. Ein Geräusch wie das einer erstickten Weckeruhr sickerte jetzt aus der Ferne, etwas Monotones und zugleich Wütendes durchdrang sich gegensätzlich darin – an Nebeltagen ratterte die Dampfmaschine am Ladebaum und Ankerspill auf eine ähnlich einschläfernde und aufreizende Weise. Unten an der Stadtmauer im Dunkel bellte heiser ein Hund, doch so kurz, als sähe das Tier das Sinnlose seines Tuns ein und verzöge sich ins Schweigen.

Pacos Fäuste halten die Gitterstäbe, und ohne daß er recht den Grund begreift, rütteln sie kurz und kräftig daran. Der Rost, der sich durch zwanzig Jahre in den Feilkerben angesetzt, hat das Eisen so weit zerfressen, daß es eines Tages von selber hinabgefallen wäre. So wundert er sich, wie leicht das geht, die untern Stäbe sind schon zerbrochen, und er biegt das Gitter nach auswärts und oben und rüttelt noch einmal – und da stürzt es auch schon hinab. Das kurze Aufschlagen – Paco beugt sich hinaus, als könnte er etwas sehen –, das Aufschlagen des Gitters klang nichtssagend! Altes Eisen, das in Gestrüpp, Gestein und Abfallhaufen fällt! Man macht sich wohl von den Gittern und auch wohl von der Freiheit eine zu hohe Meinung... So ein Ding müßte klirrend und polternd hinabstürzen, müßte mit seinem Aufprallen die Mauern erschüttern! Und das nun offene Fenster müßte, so wie er sich's vor Stunden drunten im Klosterhof, als er nach seiner Zelle mit dem angefeilten Gitter verlangte, vorgestellt hatte, das offene Fenster müßte verlocken, eine Regenbogenbrücke müßte da irgendwo hinführen, irgendwo hin – es handelt sich doch hier um einen Weg in die Freiheit! Jedoch – brach er jetzt aus, so warteten da drunten die Anwärter auf seine Freiheit in tausend Gestalten. Es fiel ihm wieder die Geschichte des Mannes ein, die er vor Wochen in der Zeitung gelesen hatte: Er war in den Wald gegangen, hatte dort über zehn Jahre als ein freier und friedlicher Einsiedler gelebt, nur darauf bedacht, daß ihn keiner ins Joch spanne. Da fand man ihn, wahrscheinlich eine beerensuchende Frau, und die Polizei brachte ihn zurück, und der Mann kam vors Gericht; er hatte nämlich während seiner Freiheitsperiode wichtige Pflichten gegen die Öffentlichkeit versäumt und wurde nun mit ein paar Jahren Zuchthaus in Buße genommen. Mit der Frei-

heit der Wälder ist es offenbar nichts mehr! Manche flüchten in ein Kloster, er selber war einer von den Narren, die glaubten, dort ein höchstmögliches Maß an Freiheit zu haben. Dann war es doch schon besser auf dem Meer. Indes auch da trat das Gesetz in Form des dritten oder vierten Offiziers auf, irgendeines vom Ehrgeiz oder seiner eigenen knirpsigen Person besessenen Wichtes, der mit einer Vasco-da-Gama-Stimme seine Anordnungen und Befehlchen erteilte, daß man sich wundern mußte, wenn die Matrosen es nicht verlernten, hernach noch eigenmächtig und ganz selbständig ihren Priem über Bord zu spucken.
Die Wahrheit wird euch freimachen! Das klang schon immer sehr verlockend – die Wahrheit. Aber diese Abstrakta sind wie Ziegenhäute, in die jeder seinen eigenen Wein tut und sich daran berauscht – am Wein, nicht an der Ziegenhaut, aus der er den Strahl in den Mund schießen läßt. ›Niemand aber füllt jungen Wein in alte Schläuche‹, das hat Er selber gesagt. Was das Gefäß der Wahrheit angeht, es ist rissig geworden, wenigstens für ihn – für ihn, an diesem entgitterten Fenster stehend. Man wird sich einen neuen Behälter machen, und statt einem Ziegenbocke wird man sich selber die Haut abziehen müssen! – Wer sich bei lebendigem Leib auf so eine gewisse Weise – es ist nicht ganz unschmerzhaft – häuten kann, der hat den rechten Behälter gefunden für den Trunk des Lebens. Er hat den Schlauch der wirklichen, zu ihm gehörenden Wahrheit sich geschaffen. Die Wahrheit! Wie lange ver-

wechselte man sie mit ihren wechselnden, unendlichen Inhalten, man wählte aus und verwarf, und dabei wurde man müde, so müde und ergeben, wie jener römische Landpfleger, wie die unendliche Prozession der vom Goldrausch der Wahrheit Erfaßten, die, heimkehrend müde und verbraucht und mit stumpfen Augen, ewig ihr »quid est« vor sich hinmurmeln. Der Einzige fragte nicht: »Was ist sie«, sondern er sagte: »Ich bin sie« – und so werden wir ihm »Ich bin die Wahrheit« nachsprechen in einer schmerzlichen Wiederholung. »Ja, und sie wird mich freimachen«, murmelte Paco.

Der Hund bellte wieder dreimal, viermal; der fünfte Anschlag ist wie ein kraftloser Hieb auf den Schild der Nacht.

»Ich bin die Wahrheit«, murmelt Paco prüfend, und seine Hand kratzt sich achtlos in der Weiche – »ja, denn ich werde die Wirklichkeit ganz ausmessen, ich werde sie unter meiner Haut ganz versammeln, und man wird glauben, es seien Muskeln und Knochen unter der Haut, und es ist nur noch allein die Wirklichkeit: das, was ist, was sein muß, was geschieht. Gott ist nicht das Geschehen selber, er ist nicht Pedro und nicht Paco, er ist nicht das Bellen des Hundes, nicht das Aufblitzen in den Geschützmündern in der Ferne und nicht das Rollen in der Nacht – und doch ist er das Herz der Welt, welches all dies bewegt: die Tatze der grausamen, spielenden Katze und das Maschinengewehr, aber auch diese Faust an des Messers Heft. Nein, er braucht meinen Willen nicht und nicht meine Freiheit – als

Geschenk, als Opfer dargebracht: er nimmt sich, was er braucht. Doch eines ist wohl wahr: man sollte alles, was man tut, gerne tun ...« Paco senkt den Kopf, er stützt sich auf das Fenstersims: »Gerne – aus Liebe...!«

Plötzlich greift er sich ungestüm mit beiden Händen an die Schläfe: aus Liebe, was soll das denn heißen?! Dem Pedro zum Beispiel aus Liebe das Messer in die Rippen rennen und dann mit Damiano ihm sagen: schlimm, Brüderchen, aber die Liebe ist uns noch geblieben! Oh, darauf wird Pedro gerne verzichten, denn der Mensch hat nun einmal das eigensinnige Vorurteil: der Liebe zu begegnen sei auf jeden Fall mit angenehmen Gefühlen verbunden.

Ich habe während dieses Krieges vier Soldaten, vier Feinde, vier Spanier aus nächster Nähe getötet – Paco läßt die Hände schlaff herabfallen – und vielleicht überdies noch viele andere, aus der Ferne – ich mußte! Aber sieh da: ich tat es nicht gern! – keine Spur von Liebe, weder zu der Handlung, noch zu dem Ziel, das ich ja gar nicht kenne. Doch da fing das wohl schon an, das Häuten seiner selbst. – Wenn die Haut jetzt ganz ab ist und wenn statt des alten Inhalts der neue in diesen Schlauch schlüpft, oh, die Wirklichkeit, die eigenschaftslose, die auf keine Frage Antwort gebende Wirklichkeit! – wenn sie mich anfüllt und ich mich fortan bewege und handle, dann handle ich ja nicht mehr selber, dann handelt Es – lebt Es. Nein, das ist noch nicht Gott, das ist das Leben! Meine Sünde ist nunmehr die Sünde des Lebens, ich bin nur noch Vollzugsorgan – ein Automat...! Doch nein – ein Automat ist ja ohne Schmerzen, und er tut seine Sache auch nicht gern! Vielleicht aber tu ich's gerne, aus Liebe, aus einer Liebe, die ich selber nicht begreife – aus einer Liebe zu Ihm, den ich nicht kenne, den ich vielleicht jedoch kennenlerne – an der Freude, wer weiß! Er ist die Stille – das darf man nicht vergessen! Zeichen und Wunder darf man nicht verlangen, aber an der Freude kann man Ihn erkennen. Früh ist sie im Menschen wie ein Geschenk und abends wie – auch wie ein Geschenk! Indes – in der Frühe ist das Geschenk ein Lachen ohne Einsicht, abends weiß man dann, warum man lacht; die sich freimachen wenigstens, haben es gewußt. Das braucht Zeit, die Wirklichkeit nimmt nur langsam und unter vielen Schmerzen von uns Besitz; aber sind wir schließlich ihre Haut, ihr Maß, ihre Gestalt geworden, sagen wir: »Ich bin die Wahrheit«, und wir sagen: »Ich bin frei!«

Wirklich, Padre Damiano, Gott will nicht unsere Freiheit zum Opfer, das ist das mystische Spiel eines Rationalisten, Gott läßt sie uns verzetteln in tausend Knechtschaften, jene »Blankovollmacht auf uns selber«. Haben wir sie schließlich ganz verspielt, ganz verausgabt und stehen wir ein bißchen verdutzt oder gar entsetzt vor der Erkenntnis, daß wir nicht Herren, sondern Knechte des Lebens sind, oh, dann ist unsere Freude vollkommen, denn wir fühlen unsern Wert, und zwar eben darin, weil wir eingefangen und unters Joch gebracht wurden. Wir begreifen nicht mehr, daß wir an jener halfterlosen Freiheit des Füllens auf der Wiese, an jenem animalischen Sichtummeln im Gegenstandslosen, im Unwirklichen eigentlich uns frei fühlen konnten. – Der Hund beginnt wieder zu bellen, müde, mechanisch; in der Tierstimme lag überhaupt kein Ausdruck mehr, es klang fast, als wollte die vierfüßige Kreatur nichts als feststellen, ob noch Leben in ihr sei. Paco hielt sich die Ohren zu. »Verdammtes Vieh!« Er knirschte mit den Zähnen, und da war es ihm, als hätte er in seinen Gedanken soeben nichts anderes getan als dieses Tier: oder war das alles nicht ein Anbellen gegen die Finsternis drinnen und draußen? Der Hund will die eigene Stimme und der Mensch seine eigenen Gedanken spüren, und beide werden müde, der Hund mit seinem Gebell und der Mensch mit seinen Gedanken.

Paco hatte das Klopfen nicht gehört und auch nicht, als der Riegel sich bewegte. Er hielt sich nur die Ohren zu – der Hund bellte dieses Mal länger –, und als Don Pedro plötzlich in der Dunkelheit neben ihm stand, erschrak er keineswegs, er ließ erschöpft die Arme sinken: »Was los sein soll? Hören Sie das denn nicht?«

Pedro ging ans Fenster und beugte sich weit hinaus, er schüttelte den Kopf. Das fehlende Gitter hatte er offensichtlich nicht bemerkt, und daß Paco sich vor einem Hundegebell, das bereits wieder verstummt war, die Ohren zuhielt, darauf verfiel Don Pedro noch weniger. »Es ist Ihre Artillerie«, sagte er endlich durch die Dunkelheit, schloß die Läden und ließ sein Feuerzeug aufspringen. Mit der kleinen Flamme trat er auf Paco zu: »Vielleicht müssen wir noch diese Nacht fort von hier – ich erwarte weitere Befehle. Was wir da hören, ist zwar noch weit, aber es sind motorisierte Verbände, vielleicht auch nur Vortrupps. Auf jeden Fall, denke ich, genügt Ihnen die Situation, endlich meine Beichte entgegenzunehmen. Ich habe alles in der Bibliothek vorbereitet.« Leutnant Pedro sagte das kühl und dringlich.

Paco stand der Mund offen: »Vorbereitet? Zu einer Beichte?«

»Kommen Sie!« befahl Leutnant Pedro und schritt schon durch den hohlklingenden Gang. Paco folgte ihm.

Am Ende des westlichen Ganges, am Treppenhaus also, wo der nördliche Flügel begann, blickte sich Paco um, es schien ihm hier plötzlich geräumiger zu sein – und erst auf der Bibliothek fiel ihm ein: es hatte da ja nur ein Maschinengewehr gestanden; wo war denn das andere?

Die Bibliothek lag im blau abgedämpften Licht der Tischlampe genau wie zuvor, doch auf dem Platz, den der Leutnant eingenommen, stand jetzt ein Sessel mit Lederrücken und Armpolstern, der sonst – Paco erinnerte sich des Klosterbrauches noch gut – dazu diente, die Heilige Schrift in einer großen Prachtausgabe zu tragen. Über der Lehne des Sessels hing eine violette Stola, auf die der Leutnant mit der Bewegung eines diskreten, bischöflichen Dieners hinwies. Paco fuhr sich mit der Hand über

den Mund, seine Stoppeln krachten, er schluckte sein Lachen herunter und sagte nur spöttisch: »Sogar eine Stola und ein recht ehrwürdiger Sessel. Nun wohl, Zeremonien sind da, um der Phantasie ein wenig nachzuhelfen.«
Der Leutnant blickte ihn trotzig an. »Warum scherzen Sie? Ich weiß genausogut wie Sie, daß diese Äußerlichkeiten nichts mit dem Wesen des Sakramentes zu tun haben.«
»Na also, ich bin für das Wesentliche, und das ist mir in diesem Fall schon äußerlich genug.«
»Sagen Sie« – der Leutnant näherte sich Paco mit einem langsamen Schritt, sein fettes Gesicht war von Unsicherheit, ja, Furcht gezeichnet –, »glauben Sie etwa nicht an das Sakrament?«
Paco legte ihm die Hand auf die Schulter: »Keine Bange, Señor Teniente! Ob ich glaube oder nicht, das ist gleich. Sie hätten das bei weiterem Lesen in Padre Damianos Buch auch noch herausgefunden. Die Beichte ist wie jedes Sakrament ein opus operatum und hängt nicht vom Glauben des Spendenden ab. Die Kirche ist sehr gründlich und auch vorsichtig. Notwendig ist, daß ich die Weihe habe und daß wir beide alles tun in der Absicht der Kirche, dann passiert es: Sie werden, und wenn Sie der räudigste Hund auf Gottes Erdboden sind, durch Christi Verdienst wieder in den Stand der Gnade versetzt. Sie als Jurist müssen doch Freude an diesem Ausdruck haben: Stand der Gnade! Und überhaupt dieser Vorgang!«
Der Leutnant hatte den Kopf gesenkt und wieder-

holte nur: »Der räudigste Hund auf Gottes Erdboden, ja, das ist genau das Gefühl, das ich von mir habe. Ich freue mich, daß Sie da sind, daß es die Beichte gibt. Ich verstehe nur nicht« – er hob dabei vorwurfsvoll die Augen gegen Paco –, »daß Sie, wie Sie mir schon vorhin sagten, eine so geringe Meinung von der Beichte haben.«

Paco rückte an dem Sessel und hob dann den Kopf: das dumpfe Pauken in der Nacht war wieder stärker geworden: »Meine Meinung kann Ihnen ein Dreck sein«, Paco biß sich auf die Unterlippe und starrte zu Boden, so fuhr er fort: »Urteilen Sie selber! Da sitzen ungefähr zweihundert Männer in den Zellen, ebenso wie wir beide in Elend und Dunkel verstrickt. Diese Männer haben dieselben Chancen wie Sie und ich, am Leben zu bleiben oder zu sterben.« Paco stieß dem Leutnant dabei seinen Blick zwischen die vorgequollenen Augen und so hielt er ihn fest, bis der andere sich schließlich mit einem mühsamen Ruck abwandte. »Aha«, sagte Paco, befriedigt von dieser Bewegung seines Gegenübers, »das wissen Sie also, und Sie haben dann noch gleichzeitig eine hohe Meinung von der Beichte, ich meine von der Glaubensvorstellung: daß Gott ausgerechnet hier und nur hier den Menschen wieder in Gnade aufnehmen könne. Wenn Sie aber wirklich dieser Meinung sind und sich dennoch an diesen üppigen Gnadentisch setzen können, ohne die andern in der Nachbarschaft einzuladen, dann sind Sie der abscheulichste reiche Prasser, den man sich ausmalen kann.«

»Hören Sie!« Leutnant Pedros Stimme kam nachdenklich, doch sehr präzis. Er schaute auf seine Armbanduhr, »es ist jetzt zwölf Uhr zwanzig. Sie haben etwa noch eine Stunde Zeit, nehme ich an, aber ... Nein, warten Sie! Wir machen es so.« Der Leutnant hielt seine Hand ans Ohr, als lauschte er, ob die Uhr noch ginge; es war das aber nur eine Bewegung, die den andern ablenken sollte. Als Pedro merkte, daß sein Gegenüber ihn mit der Miene des Wissenden anschaute, legte er die Hand vor die Augen, senkte den Kopf und tat, als dächte er nach. Endlich ließ er sie auf eine entschiedene Weise fallen und schaute Paco mit einem geradezu dreisten Ausdruck an, den der erst viel später begriff. »Passen Sie auf, Padre, ich lasse die Gefangenen alle ins Refektorium bitten – ich meine, führen« – sie verkniffen beide ein Lächeln, der Leutnant aber dehnte es, als wäre ihm die Gelegenheit höchst willkommen, zu einer leicht grinsenden Vergnügtheit aus –, »ja, und Sie geben den Leuten die Generalabsolution!«
Paco nickte gedankenvoll: »So steht es also. Nun wohl! Der Mann, den Sie die Treppe hinunterschmissen, wirkt weiter! Ich hätte nie gedacht, daß eine Anleitung für Beichtväter solche Wirkungen haben könnte.«
»Sind Sie zufrieden?«
Paco versetzte mit warmer Stimme: »Sie sind sehr seltsam, aber Sie sind anständiger, als ich es glaubte.« Er blickte dabei den Leutnant in einem fast mitleidigen Erstaunen an.

»Sagen Sie das nicht.« Dieser leise gesprochene Satz kam kleinlaut aus dem blauen Dämmer, sehr kleinlaut, aber auch hinterhältig; und als wollte der Leutnant diese unwillkürlich getane Bemerkung auslöschen, fragte er sofort hinterdrein: »Haben Sie nun eine höhere Meinung von der Beichte?«

Paco dachte an den tieferen Sinn dieser Generalabsolution, und so bekamen seine Worte etwas kühl Belehrendes. Seine Gedanken waren bereits im Refektorium: »Ich wiederhole: meine Meinung geht Sie nichts an. Wenn Sie aber wissen wollen, was ich darüber denke: nicht das Sakrament ist in meinen Augen das opus operatum, sondern, wenn man so sagen kann: Gott selber! Er braucht keine Worte und Dinge, an die Er die Mitteilung seiner selbst knüpft, das weiß auch die Kirche. Denn sie verehrt viele heilige Einsiedler, die nie gebeichtet und kommuniziert haben, und sie glaubt an das Wirken Gottes und seiner Gnade auch außerhalb ihrer sichtbaren Grenzen. Warum sollen wir Christen aber nicht ebensogut Sakramente haben wie die Heiden!«

Dürr und leblos wie Eierschalen kamen ihm die eigenen Worte vor, nur dazu da, die unförmige und weiche Gewalt seiner Gedanken, die so ganz anders verliefen, zu verbergen. Wie soll das nun geschehen? fragte sein Blick, den ihm so wohlbekannten Ort abtastend, wo er einst als junger Mönch über den Büchern saß, wie soll das geschehen, daß ich einen Menschen töte...? Einen Menschen, der mir seine Seele von innen zeigt, einen

büßenden Menschen, losgesprochen und erleichtert, mit einem Messer von hinten zu erstechen, über ihn gebeugt, als wollte man ihn umarmen: Friede sei mit dir! Diese Vorstellung hatte etwas so Furchtbares für Paco, daß er für einige Augenblicke glaubte verrückt geworden zu sein. In seinen Studienjahren hatte der Professor der Moraltheologie häufig extreme Beispiele gebracht. Aber all diese Fälle mit Titus und Gajus, so ausgeklügelt und schwierig und furchtbar die moralischen Verknäuelungen auch waren: es handelte sich um abstrakte, ungelebte Angelegenheiten, um Fälle, die nur eines kühlen und instruierten Kopfes bedurften, um sie mit dem richtigen Spruch zu versehen. Man hatte nichts damit zu tun, und vor allem: das Furchtbare in diesen Fällen lag in Märchenweite von einem entfernt, und das verlieh diesem moralischen Kriegsspiel einen gewissen Reiz.
Wo war nun derselbe Frater Consalves, der die Fälle alle so glänzend gelöst hatte? Paco blickte auf die andere Tischseite, auf eine ganz bestimmte Stelle, die hatte er immer bevorzugt. Er sah sich dort sitzen, und seine Augen waren auf den Padre Consalves wie gebannt gerichtet. Der Leutnant fragte mit Zurückhaltung: »Was ist mit Ihnen?«
»Ach«, Paco legte die Stirn in Querfalten, nickte: »Ich dachte, wie ich damals dort saß und Padre Consalves war. Können wir uns eigentlich verändern, was meinen Sie?«
Der Gefragte wiegte den Kopf, er überlegte traurig, und dann zuckte sein Kinn entschieden und

brutal vor: »Ich wünschte es! Doch glaube ich kaum daran. Ich war von Jugend auf – schlimm, ein Biest. Ich habe zum Beispiel, ich war noch keine zwölf Jahre alt, um etwas aus der großen Summe herauszugreifen, Katzen mit den Schwänzen über einem Stück Fleisch aufgehängt, bis sie – na ja!«

»Ei!« Paco schrie das fast und hob beide Hände gegen ihn in die Höhe, dann fragte er – seine Worte klangen erstaunt, wie die eines Clowns –: »Und das machte Sie froh?«

»Froh? Wo denken Sie hin? Im Gegenteil, das machte mich traurig.«

»Warum wollen Sie denn unbedingt traurig sein? Waren Sie nie froh?«

»Froh?« Don Pedro sprach das Wort und lauschte ihm nach wie ein Musikant dem Ton einer Stimmgabel.

»Aber Sie können sich das Gefühl der Freude doch vorstellen?«

»Oh, ja – sehr, aber ich war nie froh, vielleicht als kleiner Junge, aber nicht froh, wie Sie es meinen. Ich hatte ein Puppentheater und vor allem: ein seltsames Publikum: nämlich die Stühle und Tische und Bilder an den Wänden! Ich spielte stundenlang, gräßliche Stücke, die ich mir selber erfand. Ich war Herr über meine Puppen, sie mußten tun, was ich wollte, und sie vollzogen jeden Befehl. Ich ließ zum Beispiel jemand köpfen, und der Henker brüstete sich stolz. Alsbald ließ ich auch ihn köpfen, ich genoß sein Erstaunen; aber der Henker des Henkers, der dumme Kerl, brüstete sich genauso, und da kam auch er an die Reihe, er wurde aufgehängt. Dem Aufknüpfenden ging's nicht besser. Hernach hatte ich keine Henker mehr, und nunmehr erschien ich stets persönlich auf der Bühne und besorgte die letzte Hinrichtung. Danach schaute ich in den leeren Saal, und ich wartete. Die Stühle, die Tische und Bilder an den Wänden starrten wie gebannt auf die Bühne, was nun geschähe, und dann hatte ich ein Gefühl: das war wie Freude! Ich wartete nämlich auf einen Henker, ob Sie es glauben oder nicht, auf einen, der mich kleinen Jungen köpfen würde.«

Paco starrte den Erzählenden mit aufgerissenen Augen an. Don Pedro sagte: »Sie sind entsetzt, wie?« Er neigte das Gesicht und grinste verlegen: »Sie haben recht: Freude kann man dies Gefühl wohl nicht nennen!«

»Kaum«, flüsterte Paco, auch er wandte seinen Blick von dem andern ab. Sie schwiegen beide eine Weile.

Paco begann wieder, jedoch mit einer neuen Stimme: »Ja, aber wenn wir uns nicht ändern können, wenn Sie sich nicht ändern, was hat denn Ihre Reue und Ihr Vorsatz für einen Sinn?«

Leutnant Pedro hob die breiten Schultern sehr hoch und zog den Kopf ein, dann stieß er den Atem aus: »Sie, das gehört nicht zur Beichte. Sie sollen mich lossprechen, aber Sie machen mich nur noch trauriger!«

»Oh« – das klang bedauernd –, »sehen Sie indes, ich möchte, daß Ihnen die Beichte wirklich hilft! Ich möchte, daß Sie sich Gott öffnen! Er kann Sie verändern, er allein, nicht die Beichte! Es werden täglich Hunderttausende von Sündern losgesprochen, und keiner ändert sich deswegen, aber wir müssen uns doch ändern, oder nicht?« Das letzte kam in einer fast kindlichen Hilflosigkeit, der Leutnant nickte:

»Ich wohne in mir wie in einem Grabe!«

»Kommen Sie heraus! Gott ist ein Gott der Lebendigen, heißt es, nicht der Toten! Sie sind, wie mir die Geschichte von den Katzen und dem Puppentheater verriet, von Jugend auf sehr zerebral, möchte ich sagen, und brutal sinnlich. Wo sich diese beiden Eigenschaften in einem Menschen kreuzen, sitzt die Grausamkeit wie eine Spinne! Gott ist Ihr Schöpfer – zeigen Sie sich ihm, wie Sie sind, Er kann Sie ändern, Er allein!«

Paco hatte sich bei diesen letzten Worten in den Sessel gesetzt, er war sehr müde, und der Sessel stand dicht vor ihm. Er hörte die Katzen klagen und sah den kleinen Jungen aus dem Puppentheater mit vorgequollenen Augen in einen leeren Saal starren. Als Kind schon erwartete also dieser Arme den Henker, schoß es ihm durch den Kopf. Ein Rieselfeld seiner Ahnen, der Rost und die seelische Verkommenheit von fünfzig Geschlechtern sammelten sich in diesem Menschen, in diesem Wehrlosen! ... Paco ließ sich achtlos auf dem Kissen nieder, und wie er sich setzte, hatte er ein ähnliches Gefühl wie früher als Seemann, wenn er die Planken des Schiffes betrat: eine unerwartete und durch nichts verursachte Ruhe erfüllte ihn. Die Qualen der letzten Stunden waren nicht mehr da, er spürte selbst nicht mehr das Messer auf seinen rechten Oberschenkel drücken. Nicht als ob ihm seine Lage und sein Entschluß aus der Kimme des Bewußtseins geraten wären, aber er empfand nicht mehr das Fürchterliche seines Vorhabens, das Gespenstische in dieser Zusammenstellung von zwei unvereinbaren Aufträgen. Es war ein Fall Titus und Gajus geworden; doch statt in entlegener Märchenhaftigkeit den Vorgang betrachten zu können, saß er nun mittendrin, und damit hörte die Betrachtung überhaupt auf. Auch von Spruch und Urteil konnte nun nicht mehr die Rede sein. Automat, klang es in Paco nach – aber tu ich es denn nicht gern?, nicht freiwillig...? Der Leutnant reichte ihm die Stola, sie war, als Paco sich in den Sessel setzte, zur Erde geglitten. Paco beugte sich über den violetten Streifen, küßte, als hätte er das in zwanzig Jahren jeden Tag getan, das gestickte Kreuz darauf und legte sich die Seide um. Seine Lippen murmelten schon die lateinischen Segensworte, die der Priester an den Beichtenden richtet, und mit den Schlußworten: »... In nomine patris et filii et spiritus sancti«, wandte er sich zu dem Niederknienden und segnete ihn.

Der Sessel stand halb vom Tisch abgewandt, der Leutnant kniete schräg vor den Knien des Verstummten, der die großen Augendeckel gesenkt hielt und einige tiefe Atemzüge tat. Paco fühlte sich wie eine Gestalt einer grausamen Legende, die in unveränderlichen Buchstaben dasteht, nur noch zu lesen: er selber war schon lange gestorben. Der junge Offizier hatte mit einem Gefühl, das ebenso an Rührung wie an Schrecken grenzte, die Verwandlung an dem Dasitzenden wahrgenommen. – Pacos Art, die Hand zum Segen zu erheben, hatte, wenn man sein fast spöttisches Gebaren eine Minute vorher gesehen hatte, etwas Bestürzendes, denn er segnete nicht wie einer, der das von sich aus tut, sondern auf eine ganz unprivate, unpersönliche Weise, sozusagen von ferne, aber voll der Kraft und Autorität.

Genau in dem Augenblick, als der Leutnant seine Stimme zum Bekenntnis erhob, ertönte das aufreizende Surren von Maschinen, und bald begann das dumpfe Fauchen und Krachen der Abwehr; es war, als ob die Finsternis zerrissen würde und wie ein großes, im Winde knatterndes Tuch im leeren Himmel hinge. Der Beichtende stockte, doch der andere wartete, ohne sich zu bewegen, schließlich sagte er leise: »Fahren Sie fort!« Leutnant Pedro brachte mit geduckten Schultern und ebenso geduckter Stimme seine Selbstanklage stoßweise vor, und nach jedem Satz schwieg er kurz, als lauschte er auf die eisernen Schläge, die dumpf auf die Erde fielen, bald näher, bald weiter entfernt. Die Fensterscheiben begannen wieder insektenhaft zu zirpen, die Mauern bebten, als liefe ein Frösteln durch das Gestein. Der Mann im Sessel schien wie eingeschlafen, plötzlich jedoch erbebte auch er; und gerade in diesem Augenblick lag die Bibliothek still wie ein

Bienenkorb, selbst das Summen in der Luft war leiser geworden. Der Beichtende hatte diese Bewegung wahrgenommen, und da hielt er ein, er röchelte fast: »Ja, ich weiß, ich weiß – es muß für Sie entsetzlich sein, das zu hören!«
Die Gestalt im Sessel bewegte sich jetzt: »Hören Sie, es wäre gut für Sie, wenn Sie in diesem Kriege stürben.« Die Stimme schwieg, nach einer Pause fuhr sie fort: »Ja, bitten Sie Gott um den Tod. Vor dem weltlichen Gesetz – aber nein, das wissen Sie ja! Keine Sünde kann Sie von Gott trennen, wenn Sie zu ihm zurückwollen, wohl aber vom Leben! Deshalb hat die Todesstrafe bei gewissen Verbrechen einen ausgesprochenen Mitleidcharakter. Sie sind ein solcher Verbrecher! Bitten Sie Gott um den Tod!«
Die Gestalt am Fußboden keuchte. Keiner von ihnen sprach eine Weile. Plötzlich stieß Leutnant Pedro einen dumpfen Schrei aus – das Telephon schrillte. Eigentlich hatte diese Klingel keinen lauten Klang, kam es dem Dasitzenden vor. Er blickte dem Kauernden ins Gesicht, der sich geduckt erhob und mit einem katzenhaften Satz am Apparat stand.
»Soll ich hinausgehen?«
Der Leutnant machte eine abwehrende Geste und sagte hastig: »Bleiben Sie, wir sind ja im Beichtstuhl!« Paco wollte etwas einwenden, wollte sagen: dies Telephongespräch liege außerhalb des Beichtgeheimnisses – für alle Fälle! Aber er schwieg, derweil er den Leutnant am Apparat sehr aufmerksam betrachtete. Auch Don Pedro blickte her-

über, das Ohr an der Hörmuschel. Ihre Augen standen wie die von Duellanten gegeneinandergerichtet, wie die von Menschen, die noch vor Tagen gute Freunde waren. Der Ausdruck lauernder Feindseligkeit steigerte sich im Vorgefühl des Kommenden zum Entsetzen, das nur durch das Bewußtsein der Fatalität gebändigt wurde: was konnten sie beide tun, um ihr gefährliches Zueinander zu verändern! Auch das Schicksal schickt seine Sekundanten, und die kennen keine andere Lösung als das Wort: hindurch!
Die Stimme des Leutnants klang heiser – er hatte nur ein paar Worte in die Muschel hineingesprochen –, und nun sagte er: »Zu Befehl!« Er hob dabei den Kopf. »Selbstverständlich – ich habe verstanden!« Nach diesen Worten schaute er auf die Armbanduhr: »Natürlich!« sagte er, sehr überzeugt, und noch einmal wiederholte er das »Zu Befehl« ebenso gleichgültig wie hart gehorsam.
Teniente Don Pedro legte den Hörer langsam in die Gabel. Plötzlich starrte er den Apparat an, er hatte bei den letzten Worten ins Leere geblickt. »Kommen Sie!« sagte Paco. Er wußte nicht warum, aber er mußte lächeln, er spürte, wie ein Zittern ihn durchlief, ein angstvolles, aus der Tiefe des Lebens steigendes Zittern. »Sie haben keine Zeit zu verlieren«, fügte er dann bei. Der Leutnant kniete sich schweigend nieder, hob den Kopf, doch blickte er Paco nur sehr kurz an: »Sie haben die Situation verstanden, Padre?« – Das klang in einer Art von verzweifelter Ermunterung.

»Das gehört jetzt nicht hierher«, Paco sprach mühsam, er versuchte, einmal tief und ruhig Atem zu schöpfen, aber dann geschah es doch heftig, abgebrochen und stoßweise, und er sagte sogleich mit unvermittelt lauter Stimme: »Die Hauptsache, Sie, Teniente, haben die Situation begriffen! Denn Sie befinden sich in der Beichte, Sie stehen vor Gericht, Sie – ich auch, natürlich, wir alle, aber Sie auf eine besondere Weise, vor einem Gericht, in dem Sie selber der Angeklagte, der Ankläger – ja auch der Richter sind, denn Ihr Gewissen entscheidet und befindet über das, was Sie getan haben ... und soeben zu tun ... im Begriffe sind! Reden wir nicht darüber, die Materie der Sünden ist übrigens uninteressant! – das müßte selbst der Ermordete, könnte er noch sprechen, dem Mörder zugestehen. Padre Damiano zum Beispiel.« Paco griff nach diesem Namen wie nach einem Halt, um sein Gleichgewicht wiederzufinden, seine Stimme wurde, kaum daß sie diesen Namen lebendig machte, wieder stiller und gefestigter. »Dieser Padre Damiano würde zum Beispiel nur fragen und hat sich das jetzt wohl auch gefragt, ob Sie überhaupt in diesem Punkte ein Mörder sind; das ist wirklich hier die Frage! Und sie zu beantworten ist sehr schwer – mir, Ihrem Beichtvater, überhaupt unmöglich! Sie stehen vor der Ausführung eines Befehles – blicken Sie nicht fort! –, und Ihre Handlungsfreiheit läuft auf vorgeschriebenen Geleisen! Zu einer moralischen Rebellion, so scheint mir, ist eine heldenhafte Veranlagung nötig – oder eine außerordentliche Gnade von oben, ich glaube sogar beides... Und ich weiß nicht, wieweit der Mensch zu diesem allerhöchsten Heldentum verpflichtet werden kann – denn: wir sind Sünder!«

Pedro nickte tief und ballte langsam die Faust vor seiner Stirn. »Ihre Güte, Padre, Ihre Güte – oh, ich könnte mich töten!«

Paco lächelte geradeaus vor sich hin: »O ja, meine Güte! Die sieht sozusagen wie ein Vorlegemesser aus, denn, mein Guter, ich versuche nur, Ihnen Ihren Teil vorzulegen – ich suche gerecht zu sein, ah, gerecht! All diese Worte! Hören wir lieber auf... Oder fahren wir fort, wir müssen zu einem Ende kommen – das Ende ist immer richtig, wie es auch kommt, wissen Sie das? Töten Sie sich deshalb nicht, Sie tun es auch nicht, das nehmen Ihnen andere ab, nicht wahr, Sie verstehen mich doch – nein, Sie verstehen mich nicht ganz, das können Sie nicht verstehen. Denn der Tod ist immer überraschend – immer, sogar, wenn man ihm, wie man sagt, ins Auge sieht. Schauen Sie mich an, Freund! Lassen Sie den Gedanken an die Hölle und solch knechtische Vorstellungen fahren. Denken Sie an IHN, dem Sie vielleicht bald schon gegenübertreten, an den Heiligen, Lichten, an den Frohen! Und dann handeln Sie, wie Sie handeln müssen. Vielleicht geschieht auch noch ein Wunder, und Sie brauchen es nicht zu tun. Und wenn Sie es doch tun müßten...«

Pedro hob den Kopf: »Padre, ich bin nichts als ein Vollzugsorgan, ein Automat!«

Paco fuhr bei diesem letzten Wort herum und so starrte er den Knienden an. »Was, was sagen Sie da? Wie ein Automat! Wie kommen Sie zu diesem Wort?! Leiden Sie denn nicht bei Ausführung eines solchen Befehls? Tun Sie das gern?«

»Aber Padre, Padre Consalves!« Der junge Offizier griff mit Ungestüm nach den Knien seines Beichtvaters, er rüttelte daran: »Was fragen Sie da? So grausam bin ich doch nicht, nicht grausam in dieser Art!« Und als wollte er den Mann vor sich, der in erstarrtem Schweigen dasaß, zu einem Wort bewegen, fuhr er mit der Linken ihm einmal heftig über den Schenkel: weckend, fast liebkosend, aber da tat er einen leisen Schrei, und es gab einen Ruck in dem Dasitzenden. Beide starrten einen Augenblick auf die linke Hand, die eben noch so heftig über das reglose Bein hingefahren war: die Hand blutete, wo der kleine Finger in den Muskel übergeht. Das Blut kam in einem einzigen Tropfen, wie ein individuelles Lebewesen aus seiner Wohnung, wie herausgerufen! Der Tropfen schwoll und fiel schließlich auf Pacos Hose, und da erst – sie waren beide wie Kinder über einer seltsamen, nie gesehenen winzigen Naturerscheinung – da erst sahen sie, daß durch die dünne Hose eines Messers Spitze blinkte. Paco sank hintüber in den Sessel, der Leutnant erhob sich langsam und trat einen Schritt zurück, keiner sagte ein Wort. Selbst ihr Atem zog leiser hin, als wäre sogar diese intimste Lebensäußerung zu schwierig und auch zu gefährlich geworden.

»Gott ist gnädig!« Paco hatte das mit einem wirren Lächeln vor sich hingemurmelt, und nun erhob auch er sich, zog langsam das Messer aus der Tasche und legte es vor sich auf den Tisch. Der junge Offizier bewegte dabei langsam den Kopf, er folgte den Bewegungen von Pacos Hand in einer gebannten Aufmerksamkeit, er war verwundert, ein anderes Gefühl kam in diesem Augenblick nicht in ihm auf.
»Ich hatte Ihren Tod beschlossen, ich wollte Sie lossprechen und sofort niederstechen, um die Gefangenen zu befreien. Ich wollte es – wie ein Automat! Genauso gehorsam wie Sie! Aber da kam ein Engel zwischen uns, und nun brauch' ich es nicht zu tun!«
Teniente Don Pedro gab keine Antwort. Er kniete sich wieder hin, aber diesmal wie einer, der sonst nichts zu tun weiß, seine Bewegungen hatten in ihrer Unbedingtheit etwas Frommes.
Und als der große, schmallippige Mund des Priesters leise »... deinde: ego te absolvo« sprach, überlief die massige Gestalt des Knienden ein Beben, er zog den Kopf ein – indes jetzt auf eine Weise, als könnte er dem Augenblick nicht gerecht werden, als könnte er nicht daran glauben – denn er war nie froh gewesen, der Teniente Don Pedro.
Der Priester war schon aufgestanden, und die Stola auf die Sessellehne legend, flüsterte er: »Kommen Sie, es wird Zeit!«
Als Pedro sein schwammiges Gesicht hochhob, beugte Paco das seine: als wäre er kurzsichtig, kniff

er ein wenig die Augen: dies Gesicht, das langsam die Augen zu ihm erhob, glänzte.
Teniente Don Pedro sprang auf die Füße, er torkelte. So trat er auf Paco zu, beugte sich, griff seine Hand und versuchte sie zu küssen. Paco entriß sie ihm: »Heh!« keuchte er, »machen Sie keine Faxen!« Sie blickten sich an, und nun trat der eine auf den andern zu, und sie küßten sich. »Also im Refektorium«, sagte Paco, er hielt den Kopf leicht auf die Seite geneigt, es sollte eine Frage bedeuten, »ich möchte meine Kameraden wirklich, wie Sie es vorgeschlagen haben, lossprechen!«
Pedro versuchte mehrmals, etwas zu sagen, doch immer wieder schüttelte er den Kopf, schließlich stieß er heftig hervor: »Wissen Sie, Padre Consalves, wissen Sie, daß ich einem solchen Menschen wie Ihnen...«
»Danke, ich weiß, was Sie sagen wollen! Man hört so etwas um so lieber, als man es nicht verdient hat. Sie wollten mich doch loben? Ein bißchen spät, wie? Indes: ich könnte Sie auch loben. Wie viele Offiziere in Ihrer Lage könnte man überreden – es gibt immer Auswege und hinterher Ausreden, aber Sie bleiben beim Befehl! Oder glauben Sie nicht, daß mir dieses Lob ernst gemeint ist?«
»Wie entsetzlich!« Pedro flüsterte das und wiederholte: »Wie entsetzlich, daß Sie das fertigbringen, mich zu loben!« Im gleichen erregten Tonfall fuhr er fort: »Ich würde Ihnen gerne anbieten – Ihnen persönlich – aber ich weiß – ich schäme mich, oder – soll ich Sie doch retten?«

Paco lächelte: »Sie mich retten? Kein Mensch kann einen Menschen retten! Man kann sich gegenseitig schonen – gewiß, aber was nützt selbst das? Wer nicht heute erschossen wird, kommt morgen dran! Und wen die Kugel verschont, den holt der Omnibus – oder der Berg – oder eine Krankheit – oder das Alter! Das ist nicht so schlimm!« Paco schüttelte energisch den Kopf: »Das nicht! Aber, daß der Mensch den Menschen – das ist – das ist, um sich schleunigst aus dem Staube zu machen.« Sie gingen schweigend über den Flur. Paco trat in das Dunkel seiner Zelle, setzte sich auf die Pritsche, legte den Kopf in den Nacken und starrte gegen die Decke, die er nicht mehr sah. Utopia, der schön gegliederte Rostflecken – eigentlich möchte er ihn noch einmal sehen; er fühlt sich plötzlich wie ein kleiner, kranker Junge, der seine Eisenbahn noch einmal sehen will, mitten in der Nacht, bevor er stirbt, aber keiner bringt sie ihm. »Lieber Padre Julio!« Paco flüstert's, als hörte ihn der hier im Raum ermordete Mönch, »Julio, jetzt bin ich an der Reihe, am liebsten wär's mir hier! – Indes – Padre Damiano machte ja auch die Zelle auf und ging ein paar Schritte dem letzten Ereignis entgegen. Ich geh' ins Refektorium, da wird's geschehen, da sind wir alle beieinander. Ach nein, ohrfeigen werde ich keinen. Es hat keinen Zweck, das ist meine Meinung, ohne Padre Daminio zu nahe zu treten. Ich kann's nicht, jeder macht's anders, und ich mache es immer falsch.« Er hörte die Gefangenen auf dem Flur trappeln. Wie die Mönche, wenn sie zum Mitternachtschor gingen ... Deus in adjutorium meum intende! Hätte ich es richtig gemacht, so ging's für euch nun in die Freiheit. Ich hab die Schuld, ich weiß es, aber, ich komme ja mit!

Er hörte Don Pedros Stimme: oh, wie schamlos lügt er jetzt, alles im Befehl! Kleine Stärkung im Refektorium einnehmen? – Im Refektorium? Vor dem Transport! Kleine Stärkung, das ist nicht übel. Paco mußte plötzlich lachen. Er betrat das Refektorium als letzter. Der rechteckige Raum war an drei Wänden entlang mit Tischen bestellt, genauso wie früher. An der leeren Schmalseite befand sich der Speiseschalter, der mit einer hölzernen Schiebetür versehen war. Sein Rollen hatte stets etwas Freundlich-Verheißendes gehabt, wenn beim Ende der Schriftlesung, prompt hinterm Klopfzeichen, der Laienbruder das Brett in Bewegung setzte und die Küchendüfte hereinließ; jetzt aber war das hölzerne Geviert noch verschlossen.

Leutnant Pedro stand den Gefangenen gegenüber, die zu Boden starrten, gleichmütig einander ansahen oder den jungen Offizier trotzig musterten. Leutnant Pedro erklärte kurz: der Transport zum großen Gefangenenlager sei nicht ohne Gefahr – und da ein Priester unter den Gefangenen sei, bei dem er selber soeben gebeichtet habe, wolle der, bevor man sich stärke, die Generalabsolution erteilen. Damit verließ er mit kurzem, ruhigem Schritte den Saal.

Paco stand die Schamröte im Gesicht. Wegen Pedros Lüge schämte er sich und auch, weil er

plötzlich aus seiner Verborgenheit als Soldat hervortreten sollte, und überdies – er schämte sich vor Pedro, weil der wußte, daß er nun sterben sollte. Das war eine seltsame Scham, die er noch nie gespürt hatte. Wie eine partielle Entblößung vor einem unberufenen Auge, aber noch viel feiner, hilfloser empfand er sich in seinem Todgeweihtsein vor diesem Wissenden, der soeben hinausgegangen war, aus der unheimlichen Arena, und den Tod befahl, ohne selber mitzusterben.
So trat er unbeholfen, schwerfüßig und fast schwankend vor die Gefangenen hin. Aber auch ihnen, den Ahnungslosen, gegenüber schämte er sich nun, als er das Zeichen des Todes auf ihren Stirnen las, auf Stirnen, die sich in kleinen Gedanken kräuselten oder glatt und gleichgültig im Augenblick hingen. Er durfte ihnen nicht sagen: ihr seid verloren! – Ja, er sei Priester, sagte er nur, und wolle sie lossprechen. Er erklärte mit kurzen Worten die Generalabsolution, dann bestieg er in einer plötzlichen Eingebung das Lesepult, auf dem er so oft gesessen und vorgelesen hatte. Das Podium verlockte ihn, so glaubte er zuerst, doch dann merkte er: es war die Nähe des Speiseschalters, die ihn anzog, ja – und jetzt wußte er auch, woher die »kleine Stärkung« kommen sollte, jetzt wußte er, wo das fehlende Maschinengewehr stand. Blitzschnell begriff er nun auch, wieso Don Pedro auf so findige Art hatte lügen können. »Diese kleine Stärkung« war schon geplant, ehe die Generalabsolution beschlossen wurde. Don Pedros Lüge war also nicht so frech, wie er

zuerst angenommen hatte. Paco stand, dem Schalter den Rücken zukehrend, da. Es fiel ihm schwer, die Gefangenen anzublicken. Seit Pedro hinausgegangen und er allein mit diesen Männern war, hatte ihn das dumpfe Schuldgefühl noch unentrinnbarer umfangen. Er kam sich wie ein übler Komödiant vor, der eine Rolle innerhalb des Spiels verändert und entstellt. Was hatte er aus dem Messer und den vielen Gelegenheiten zur Flucht gemacht? Hätte einer von diesen da auch nur einen Teil der Möglichkeiten gehabt, sie wären jetzt alle wahrscheinlich frei. Statt dessen hatte er den Henker geküßt – und höfliche Worte mit ihm gewechselt, war mit ihm sozusagen im Einverständnis. – Was galt das den andern, wenn er selber zum Sterben bereit war! Sie wollten nicht sterben, das sah man ihnen an.

Ein Teil der Gefangenen kniete bereits, ein Teil blieb stehen, doch ohne Protest: sie waren nur zu verlegen, um sich hinzuknien; ein paar stießen sich mit dem Ellbogen an und flüsterten etwas; ein breitschultriger Kerl, dicht vor dem Lesepult schmunzelte breit und nachsichtig, er hob das rechte und dann das linke Bein, stellte die Fußspitzen breit auseinander – vielleicht war es ein Matrose! Pacos Stimme kam mühsam, doch schlicht und sicher; er lächelte sogar, als er sagte, daß man im Krieg sei und nie wissen könne, von welcher Seite es einen schnappe. Es solle darum ein jeder, der etwas auf dem Herzen habe – nicht nur Sünden, sondern Sorgen und Kummer –, an Gott so denken, wie an die

Frau und die Kinder zu Hause, wie an Vater und Mutter. Und mit derselben Sehnsucht wie an die Lieben sollten sie an den Vater im Himmel denken. Keiner aber solle Gott die Schuld an alledem geben, sondern den Menschen und auch sich selber. »All unsere Gewaltsamkeit ist zusammengekommen, und jetzt tobt sie sich aus«, so sagte er, und fast eilig fügte er bei, »aber auch all unsere Unentschiedenheit, unsere Schwäche und Furcht vor etwas Ungewöhnlichem, sogar unsere Furcht vor dem Blutvergießen. Denn ja, hätte einer von uns zur rechten Zeit das Messer gebraucht – aber Kameraden, ergeben wir uns! Gott richtet und Gott ist gnädig!« Dann sprach er die Gebete – er konnte sie noch, Wort für Wort. »Indulgentiam, absolutionem et remissionem« – Nachlassung, Lossprechung und Verzeihung eurer Sünden ... Welche Häufung von Güte in solch juristisch kalten Worten, dachte er. Als er das Kreuzzeichen machte und sein »Amen« stark in den Saal schickte, hörte er jenen wohlvertrauten Ton der Schiebetür hinter sich, noch ganz so verheißungsvoll wie früher. Ein jähes Rattern erfüllte die Wände, als führe ein eiserner Sichelwagen unsichtbar durch den Saal. Paco hörte einen Schrei und sah den breitschultrigen Mann vor sich die Arme in die Höhe werfen; rechts von ihm fielen einige Männer um, während er selber, einen Schlag zwischen den Schultern verspürend, nach hinten sank, sanft, als finge ihn die Unendlichkeit eines weichen Abgrundes auf, in den er ewig sinken könnte, ohne je hart auf einen Grund aufstoßen zu müssen.

Stefan Andres

Die Dumme
Roman. 3. Aufl., 13. Tsd. 1970.
232 Seiten

Das Fest der Fischer
1973. 128 Seiten. Piper-Präsent

Gedichte
1976. 95 Seiten

Das goldene Gitter
Novellen und Erzählungen II.
2. Aufl., 30. Tsd. 1964. 351 Seiten

Das Grab des Neides
20 Zeichnungen von Hans Fronius.
1956. 120 Seiten

Die große Lüge
Drei Erzählungen. 1973. 101 Seiten

Die Hochzeit der Feinde
Roman. 5. Aufl., 24. Tsd. 1957.
450 Seiten

Der Knabe im Brunnen
Roman. 8. Aufl., 65. Tsd. 1975.
326 Seiten

Lieber Freund – lieber Denunziant
Briefe. 1977. 166 Seiten

Die Liebesschaukel
Roman. 3. Aufl., 20. Tsd. 1970.
185 Seiten. Piper-Präsent

Meistererzählungen
1980. 354 Seiten

Noah und seine Kinder
Mit 16 Holzschnitten von Hansen-Bahia. 1968. 156 Seiten

Novellen und Erzählungen
8. Aufl., 102. Tsd. 1976. 436 Seiten

Das Pfäfflein Domenico
1975. 117 Seiten. Piper-Präsent

Positano
Geschichten aus einer Stadt am Meer. Mit 16 Zeichnungen des Verfassers. 2. Aufl., 13. Tsd. 1958.
191 Seiten

Die Reise nach Portiuncula
Roman. 3. Aufl., 16. Tsd. 1960.
263 Seiten

Ritter der Gerechtigkeit
Roman. 2. Aufl., 25. Tsd. 1960.
327 Seiten

Der Taubenturm
Roman. 2. Aufl., 29. Tsd. 1966.
348 Seiten

Die Versuchung des Synesios
Roman. 2. Aufl., 21. Tsd. 1971.
509 Seiten mit 1 Karte

Piper